NOS

PAR

Fr. DESPLANTES

Officier de l'Instruction publique

———

MÉGARD ET Cⁱᵉ, LIBRAIRES-ÉDITEURS

BIBLIOTHÈQUE MORALE

DE

LA JEUNESSE

—

2ᵉ SÉRIE IN-8° CARRÉ

—

Le capitaine d'Aubarède à Castel d'Appio.

NOS
HÉROS OUBLIÉS

PAR

Fr. DESPLANTES

Officier de l'Instruction publique

AVEC GRAVURES DANS LE TEXTE

ROUEN

MÉGARD ET Cie, LIBRAIRES-ÉDITEURS

1893

INTRODUCTION.

_____

Nos Héros oubliés, avons-nous écrit en tête de ce volume. *Oubliés*, sans doute, ils le sont généralement, mais point cependant d'une façon absolue. Ils sont plutôt *ignorés* de la plupart de nous que véritablement oubliés. Et il n'y a point là de notre faute ; nous dirions presque que c'est de la leur.

En effet, à certaines périodes de notre histoire, notamment pendant la Révolution et sous le premier Empire, aussi bien quand nos jeunes armées eurent à repousser de nos frontières la masse des soldats de

toutes les monarchies coalisées contre nous que lorsque
la Grande Armée parcourait l'Europe à la suite de
Napoléon, insatiable de victoires et de conquêtes, on peut
dire que chacun de nos soldats fut alors un héros. Les
noms de ceux qui sont alors parvenus au plus haut
sommet de la hiérarchie militaire sont demeurés dans la
mémoire de tous ; nul n'a le droit d'ignorer leurs actions
et leurs exploits. Mais, autour de ces vaillants entre les
vaillants, tels que les Hoche, les Marceau, les Masséna,
les Kléber, les Jourdan, les Desaix, les Championnet,
les Drouot, les Soult, les Berthier, etc., etc., se pressait
une foule de compagnons d'armes dont l'héroïsme ne
fut pas moindre et qui, dans maintes circonstances, se
distinguèrent par de remarquables actions d'éclat dont
la plupart sont bien peu connues aujourd'hui et que l'on
ne retrouve souvent qu'à grand'peine dans les archives
du ministère de la guerre.

Il est aussi impossible de retenir les noms de tous les
individus qui composent une foule — fussent-ils des
héros — que de distinguer nettement les visages de
chacun dans une grande et compacte agglomération
d'hommes.

Ce sont ces compagnons des illustrations militaires de
l'ère révolutionnaire et impériale — ou du moins quel-

ques-uns d'entre eux, car ils sont innombrables, et il
faudrait plusieurs volumes pour raconter leurs hauts
faits — dont nous avons l'intention de nous occuper ici.
Ce sont eux — depuis le simple soldat et le sous-officier
jusqu'au colonel et même parfois au général — que nous
appelons des *héros oubliés*, car ils ne le sont que trop de la
masse du public.

Dans une louable intention patriotique, les noms de
quelques-uns ont été donnés à des rues, à des avenues
ou à des places de Paris et de certaines de nos villes de
province. Mais si, grâce à cela, leur nom est encore
vivant, combien peu de personnes connaissent exacte-
ment aujourd'hui les actions qui leur ont valu cet honneur et qui mériteraient de le faire passer à la postérité !
Parmi les promeneurs qui traversent chaque jour la
place Valhubert pour se rendre au Jardin des Plantes —
en dehors de ceux qui ont fait de notre histoire une
étude spéciale et un peu complète — combien s'en
trouve-t-il d'instruits de l'admirable héroïsme du général
Valhubert, par exemple, dont la mort glorieuse à
Austerlitz lui a valu l'honneur de donner son nom à
cette place d'un quartier de Paris alors en construction ?.. Pas un sur cent, pas même peut-être un sur
mille.

Si nous allons maintenant à l'arc de triomphe de l'Etoile, ce gigantesque et mémorable monument élevé au souvenir de toutes nos gloires militaires de la Révolution et de l'Empire, et si nous parcourons la longue liste des généraux dont les noms ont été burinés dans la pierre pour passer à la postérité, que d'oubliés encore parmi eux ! que d'inconnus ou à peu près de la majorité du public !... Et ce sont là pourtant les plus glorieux (ceux qui ont été le plus en vue) de cette époque si fertile en héros. Les officiers et les soldats qui étaient sous leurs ordres, et dont les actions ont cependant alors brillé d'un vif éclat, demeurent en grand nombre et à plus forte raison enfouis dans un injuste et regrettable oubli. C'est cette injustice involontaire que nous avons entrepris de faire cesser pour quelques-uns.

Maintenant que tout le monde est soldat, que nul ne peut se dispenser du devoir sacré de défendre la patrie, si elle vient à être menacée ou attaquée, il nous a semblé que nos enfants — les soldats de l'avenir — auraient plaisir et profit à prendre connaissance de certains hauts faits généralement peu connus de nos soldats du passé.

« S'il est utile de perpétuer le souvenir des actions de guerre, écrivait, il y a cinquante ans, le maréchal Soult dans un rapport adressé au roi Louis-Philippe (1), c'est surtout pour entretenir et fortifier le goût des armes ; la tradition des noms et des faits qui honorent en particulier chaque régiment forme et nourrit l'esprit de corps, qui, avec la discipline, constitue la force morale des armées ; bien dirigée, cette force est un des premiers éléments de succès et la meilleure sauvegarde des empires. Le soin qu'on a pris de recueillir les faits d'armes éclatants, les actes de courage, d'intrépidité et de dévouement dont nos annales sont remplies, et de les offrir en exemple aux générations qui se sont succédé, n'a pas peu contribué au triomphe de nos armées nationales.

« Dans les temps antérieurs, le souvenir des actions mémorables se perpétuait par des emblèmes et des devises ; mais le plus souvent la tradition resta seule dépositaire de cette suite de combats, de ces traits de bravoure individuelle qui fondent la réputation des régiments, et dont le récit, passant de bouche en bouche, exaltait à un si haut point les sentiments d'honneur et de patriotisme. On sait de quels prodiges de valeur les régiments sont capables pour soutenir l'honneur

---

(1) Le 14 avril 1839.

de leur numéro et pour se montrer dignes de leur surnom. »

Voilà bien déterminés par l'illustre maréchal le motif et le but du présent petit volume. Si chaque soldat doit se montrer soucieux de soutenir l'honneur de son régiment, chaque Français a le devoir de veiller également avec un soin jaloux à l'honneur et à la sûreté du pays.

Puissions-nous, nous et nos enfants, nous souvenir toujours de nos aînés, afin, le cas échéant, de suivre résolument leurs traces glorieuses !

Fr. D.

NOS HÉROS OUBLIÉS.

———

I.

Le lieutenant Gouffreville (1713).

Le régiment de Saillans — devenu, à la suite de diverses transformations, le 38° d'infanterie de ligne actuel — était au siége de Landau en 1713 et prit une part active à toutes les opérations. Ce fut lui qui ouvrit la tranchée à l'attaque de gauche.

Peu de jours après ce commencement des hostilités, une compagnie de grenadiers de ce vaillant régiment, celle de Montigny, se signala par un audacieux fait d'armes : elle emporta de vive force l'ouvrage dit de l'*Hirondelle* et y perdit vingt-deux hommes. Ce succès eut d'ailleurs des péripéties particulièrement émouvantes.

On savait, en effet, que cet ouvrage était miné, et que tout avait été préparé pour le faire sauter avec les assaillants, s'il venait à être emporté. Arrivé un des premiers, le lieutenant Gouffreville se précipita sur l'officier ennemi qui commandait l'*Hirondelle*, le saisit au collet et lui demanda de lui indiquer où était placé le saucisson, c'est-à-dire la charge de poudre destinée à faire sauter l'ouvrage. Sur le refus de l'Autrichien, l'intrépide lieutenant l'enlaça étroitement dans ses bras et lui dit :

— Eh bien ! nous sauterons ensemble.

Ils sautèrent en effet tous les deux, mais ce fut avec tant de bonheur pour Gouffreville, que, pendant que son ennemi était tué, il en fut quitte pour quelques contusions seulement.

II.

Le lieutenant du Cimetière (28 juillet 1713).

Le 28 juillet 1713, le régiment Dauphin étant au siège de Landau, M. de Valory, ingénieur, propose au lieutenant du Cimetière, du régiment, d'aller, avec trente grenadiers, reconnaître une place d'armes au delà de la rivière. Le lieutenant accepte, traverse le premier la rivière avec de l'eau jusqu'à la ceinture et aborde sur l'autre rive, n'ayant près de lui que trois hommes.

Dans ce moment critique, cédant à une inspiration, il s'écrie de toutes ses forces :

— A moi, grenadiers ! tue ! tue !...

Les défenseurs de l'ouvrage, intimidés, prennent la fuite, et le brave lieutenant s'en trouve maître. Il demande aussitôt des travailleurs ; on lui envoie deux cents hommes.

A la lueur de plusieurs pots à feu, les assiégés s'aperçoivent du petit nombre des Français et essayent de
reprendre la place d'armes ; au moment où ils franchissent le parapet, une décharge à bout portant leur
tue vingt hommes ; le reste prend la fuite.

III.

Le capitaine d'Aubarède à Castel d'Appio
(septembre 1746).

« L'armée devant marcher demain du camp de Vintimille à celui de Menton, la brigade de La Sarre, aux
ordres du brigadier de Péreuse, restera à Vintimille
jusqu'à nouvel ordre.

« Le colonel de Tombebœuf se portera demain, à la
générale, sur les bords de la Nervia, avec les quatre
compagnies de grenadiers de la brigade et un piquet par
bataillon ; il occupera les hauteurs qui sont devant le
front du camp, de manière à couvrir le mouvement de
l'armée et la marche des équipages.

« On s'en rapporte au zèle du colonel de Tombebœuf

et à la parfaite connaissance qu'il a du pays pour placer
ses postes. »

Tel était l'ordre donné, le 24 septembre 1746, par le
maréchal de Maillebois au colonel du régiment de
La Sarre, qui venait d'être envoyé en Italie pour renforcer
l'armée française qui s'y battait alors contre les Austro-
Piémontais.

Voici maintenant le brillant fait d'armes d'un des capi-
taines de ce vaillant régiment de la monarchie, fait
d'armes par lequel La Sarre inaugura son arrivée en
Italie.

Le héros en fut le capitaine d'Aubarède, qui, en vue
de l'exécution de l'ordre du maréchal de Maillebois,
avait été détaché avec un piquet de cent cinquante
hommes au poste important de Castel d'Appio. Ses
instructions portaient qu'il devait tenir là jusqu'à la dernière extrémité. On va voir qu'il les suivit scrupuleuse-
ment et héroïquement.

En effet, un corps entier de l'armée ennemie vint
bientôt attaquer le petit poste français dans le but de
s'emparer de Castel d'Appio, afin de couper la communication de la garnison de Vintimille (commandée par
M. de Péreuse) avec l'armée française campée aux environs de Menton, et, par suite, de tenter de s'emparer
de Vintimille.

Le capitaine d'Aubarède ne se laissa point intimider par le nombre et l'acharnement des assaillants. Avec ses cent cinquante hommes du régiment de La Sarre, il les reçut de telle sorte, qu'ils furent forcés de se retirer, après un combat de plusieurs heures. Le projet de l'ennemi échoua donc grâce à l'héroïsme de cette poignée de français, et Vintimille fut sauvée.

On peut juger du courage déployé par les braves défenseurs de Castel d'Appio par ce fait que la moitié d'entre eux tomba sous les coups de l'ennemi. Seul des officiers de cette petite troupe, le capitaine d'Aubarède sortit vivant de ce sanglant combat, et encore ne s'en tira-t-il qu'avec un coup de feu qui le perça de part en part.

Pour ce beau fait d'armes, le capitaine d'Aubarède reçut la croix de Saint-Louis. Sa blessure une fois guérie, il continua de servir au régiment de La Sarre jusqu'en 1757, époque où il fut retraité avec une pension de 400 livres sur le trésor royal.

IV.

Deux braves du régiment d'Orléans (10 octobre 1746).

On sait que, sous le règne désastreux de Louis XV, la gloire militaire de la France fut momentanément obscurcie. Toutefois, même à cette époque néfaste, nos armées remportèrent encore quelques brillantes victoires qui les consolèrent de l'indifférence que montrait pour elles un souverain efféminé. Telle fut celle de Raucoux (10 octobre 1746), remportée par Maurice de Saxe sur l'armée hollandaise. Dans cette bataille, un capitaine et un simple grenadier du régiment d'Orléans (aujourd'hui le 44e de ligne) donnèrent chacun successivement un bel exemple d'héroïque audace et de courageux dévouement.

Au moment où l'ordre fut donné d'attaquer les retranchements de l'angle du village de Raucoux, le chevalier d'Andlau, capitaine de grenadiers, s'élança avec la plus grande audace à la tête de ses grenadiers, se jeta le premier au milieu des retranchements ennemis et s'empara d'une batterie et de quatre drapeaux. Cette valeureuse action avait été accomplie sous les yeux du maréchal de Saxe, qu'elle avait vivement frappé : elle valut quelque temps après à son auteur un magnifique éloge du général en chef.

En effet, comme Louis XV, venu pour passer le régiment en revue, remarquait la haute stature du capitaine d'Andlau, qui était d'une taille au-dessus de la moyenne, Maurice de Saxe dit au roi :

— Il est bien plus grand encore, sire, quand il est en face des ennemis de Votre Majesté.

Quant au grenadier qui, lui aussi, s'est signalé à la bataille de Raucoux par un acte d'héroïque dévouement et de stoïque courage, l'histoire n'a pas conservé son nom ; elle n'a retenu que son action, digne des héros les plus vantés de l'antiquité :

« Lorsque le maréchal de Saxe se mit avec la cavalerie à la poursuite de l'infanterie hollandaise, il rencontra sur son chemin un grenadier d'Orléans qui avait eu la jambe emportée par un boulet. Le maréchal de

Saxe, craignant que le blessé ne fût foulé aux pieds des chevaux, ordonna aux files de s'ouvrir autour de lui.

« — Que vous importe ma vie ? lui cria le grenadier ; gagnez la bataille, je ne désire rien de plus. »

———

V.

Denys-Battin à Berg-op-Zoom (1747).

C'était pendant la guerre pour la succession d'Autriche, qui dura de 1741 à 1748. Nous avions déjà à combattre les Anglo-Autrichiens en Italie et en Provence et les Anglo-Hollandais sur notre frontière du nord-est, lorsque, après la victoire de Raucoux, remportée sur ces derniers par le maréchal de Saxe en 1746, l'Angleterre parvint à faire entrer dans l'alliance formée contre nous la Russie, qui envoya 35,000 hommes sur le Rhin et mit cinquante vaisseaux à la disposition de nos ennemis.

Seule contre tous, la France avança encore aux Pays-Bas, « la paix dans une main, l'épée dans l'autre. » En 1747, le maréchal de Saxe gagna la bataille de Lawfeld et le comte de Lowendal prit « l'imprenable Berg-op-Zoom ». L'année suivante, Maëstricht était investie par le maréchal de Saxe, qui avait ainsi envahi la Hollande.

A Berg-op-Zoom, les douze plus braves grenadiers de l'armée française eurent l'honneur de monter les premiers à la brèche. Au nombre de ces braves était Denys-Battin, du régiment Dauphin.

Ce jour-là, le vaillant grenadier sauva la vie et la fortune de deux femmes dans la ville prise d'assaut. Sa force était telle, qu'il lutta contre six hommes et enferma les deux femmes dans une maison dont il défendit l'entrée pendant tout le pillage. Ensuite, il rendit à ses protégées leur or, leurs diamants, les salua d'un fort bon air. et reprit sa place au corps de garde voisin.

Denys-Battin commença et finit sa longue carrière militaire au même régiment, le régiment Dauphin, qui devint, après la Révolution, le 29e de ligne. Sous la monarchie, grâce à sa valeur, à son courage héroïque, il parvint à être nommé sous-lieutenant par Louis XV, bien qu'il n'eût aucun titre de noblesse ; il avait alors quarante-cinq ans.

La Révolution le fit arriver colonel dans le régiment où il était entré comme soldat, et la Convention nationale lui offrit le grade de général, qu'il refusa en ces termes :

« Vous m'avez nommé général, et je vous prie de comprendre mon refus. Je suis entré, il y a plus de cinquante ans, dans le régiment que je commande, et je ne veux pas en sortir. J'ai vu arriver tous mes soldats ; ils m'appellent leur père. Mon ambition est satisfaite de ce titre. »

Le colonel Battin était chevalier de Saint-Louis.

VI.

Le général Leveneur au fort Villatte (novembre 1792)

A la fin de novembre 1792, le corps d'armée du général d'Harville, faisant partie de l'armée des Ardennes, vint assiéger la citadelle de Namur, en Belgique. A ce siège, le général Leveneur fut le héros du glorieux fait d'armes que nous allons raconter.

La principale défense de la citadelle de Namur était alors le fort Villatte. En prévision de l'assaut dont il allait être l'objet, l'ennemi avait préparé et chargé sous ce fort de nombreuses mines destinées à faire sauter les assaillants, s'ils parvenaient à s'en emparer. Le général Leveneur, chargé de donner l'assaut, avait été informé fort heureusement des intentions et des préparatifs des défenseurs du fort Villatte.

Homme énergique et audacieux, le général résolut de surprendre l'ennemi par une attaque rapide qui ne lui laissât pas le temps de mettre le feu aux mines préparées. Il partit à minuit avec douze cents hommes pour enlever le fort par sa gorge. La première palissade fut heureusement franchie sans donner l'éveil à l'ennemi; mais, à la seconde, les sentinelles crièrent et firent feu.

Dans ces conditions, il était urgent de précipiter l'attaque. Trop petit pour franchir la palissade, le général Leveneur, s'adressant à un officier de haute stature, lui dit :

— Jette-moi par-dessus.

Ce qui fut fait incontinent.

Soixante grenadiers franchissent la palissade à la suite du brave Leveneur et se précipitent sur ses pas. Bientôt les sentinelles sont tuées à leurs postes, et l'on s'empare du commandant de la garnison avant qu'il ait eu le temps de se reconnaître.

— Mène-moi à tes mines, lui dit Leveneur.

Le commandant obéit; le général Leveneur saisit les mèches, les éteint, et le fort Villatte est pris.

Quant à la garnison de la citadelle de Namur, elle capitula le 2 décembre, laissant entre nos mains huit drapeaux.

VII.

Le lieutenant Blondel (1793).

Au commencement du mois d'août 1793, le 21ᵉ régiment de ligne se trouva bloqué par les Autrichiens dans la ville de Landau, dont il formait à lui seul toute la garnison. Pendant cinq mois, d'août à la fin de décembre, il soutint énergiquement les fatigues d'un long siège et se défendit héroïquement. La Convention lui décerna les plus grands éloges et décréta, le 12 janvier 1794, « que la garnison de Landau avait bien mérité de la patrie ! » La Convention accorda en outre au 21ᵉ deux journées de solde de gratification ; mais les braves de ce vaillant régiment en firent don à l'Etat pour ses frais de guerre.

Ce fut pendant ce siège que le lieutenant Blondel

trouva une mort glorieuse. Cet intrépide officier, chargé
de défendre avec un faible détachement une redoute
attaquée par les Autrichiens, avait déjà perdu beaucoup
de monde : il restait si peu d'hommes à ses côtés, qu'il
voit qu'un acte d'héroïque audace peut seul le sauver ;
il ranime alors l'ardeur des soldats qui lui restent et
s'écrie en se portant en avant :

— Qui m'aime me suive, mes amis ! A la baïonnette !
Il n'y a rien de tel pour faire trembler ces gens-là.

Il monte alors sur le parapet, franchit le fossé et se
précipite avec ses quelques hommes sur l'ennemi, qui
se replie en désordre.

Mais l'intrépide Blondel, atteint de plusieurs balles,
expire quelques minutes après.

VIII.

**Le capitaine d'Arnaud et le caporal Marathon
à Hondschoote (8 septembre 1793).**

A la bataille d'Hondschoote, le 8 septembre 1793,
le capitaine d'Arnaud, qui était chargé du commandement du 1ᵉʳ bataillon du 36ᵉ régiment d'infanterie, s'empara d'une redoute armée de sept pièces de canon et
y fit cinq cents prisonniers.

Or, la Convention nationale venait de décréter que
tous les prisonniers faits dans ces conditions devaient
être immédiatement mis à mort. Mais tuer froidement
tous ces soldats désarmés répugnait au brave capitaine,
qui, malgré le décret et sans se préoccuper des suites

périlleuses pour lui que pouvait avoir sa généreuse conduite, les amena au quartier général.

Là, les représentants de la Convention lui demandèrent pourquoi il n'avait pas obéi à l'Assemblée et fait fusiller les cinq cents Anglais. D'Arnaud leur répondit froidement :

— Je suis toujours prêt à verser jusqu'à la dernière goutte de mon sang pour la patrie ; mais je ne puis être le bourreau d'ennemis désarmés.

Le capitaine d'Arnaud ne fut pas inquiété pour sa généreuse désobéissance. Il était d'ailleurs connu comme l'un des plus braves officiers de l'armée. Par sa présence d'esprit et son courage il avait déjà, deux jours auparavant, devant Cassel, sauvé deux bataillons français qui allaient être pris ou détruits par l'ennemi.

A cette même bataille d'Hondschoote, le caporal François Marathon, également du 36e, attaqua seul douze Anglais qui escortaient un caisson. Il en tua trois, mit les autres en fuite, s'empara du caisson et de trois chevaux ; et lorsqu'on lui demanda quelle récompense il désirait pour son héroïque conduite, il répondit fièrement :

— Un poste d'honneur !

Il ne voulut pas accepter autre chose.

IX.

Deux des héros de 1793 (septembre 1793).

C'étaient des héros d'un patriotisme à toute épreuve et d'un courage indomptable que les soldats de 1793. C'est d'ailleurs grâce à cette énergie presque surhumaine prodiguée par eux sur tous les champs de bataille qu'il nous fut possible, à cette terrible époque, de repousser victorieusement les nombreuses armées que la coalition des puissances étrangères cherchait à faire pénétrer en France sur tous les points à la fois.

Encore à cette bataille d'Hondschoote où s'illustrèrent le capitaine d'Arnaud et le caporal Marathon, bataille qui dura trois jours, du 6 au 8 septembre, un soldat

C'étaient des héros d'un courage indomptable que les soldats de 1793.

d'un autre régiment, le grenadier Fridelame, du
49ᵉ d'infanterie, se fit tuer au champ d'honneur dans
des circonstances qui méritent d'être rapportées. Cet
humble héros, dont le nom nous a fort heureusement
été conservé, avait déjà reçu trois blessures successives
et s'obstinait à ne pas abandonner son poste de combat.
Pressé par ses chefs de se retirer des rangs, afin d'aller
se faire panser, il leur répondit fièrement :

— Me retirer.... Jamais ! Je me battrai tant qu'il me
restera un souffle de vie !...

Et ce brave tint parole. Un instant après, il tomba
pour ne plus se relever, atteint par une dernière balle.

Quant au chasseur Gaglère, le second des héros
annoncés par le titre de ce chapitre, ce fut dans le midi
de la France qu'il donna, dans la même journée, un
remarquable exemple d'héroïsme et d'humanité qui
l'honore doublement.

Gaglère appartenait au 52ᵉ régiment. Au combat d'Ol-
lioules, devant Toulon, le 18 septembre 1793, « enve-
loppé par les Espagnols, ce brave essuie leur feu sans
être atteint, puis il riposte à son tour, les met en fuite,
et réussit à en faire un prisonnier. Mais voici que parmi
les fuyards Gaglère aperçoit un grenadier (espagnol)
qu'il vient de blesser. Il court à lui, le panse et lui donne
à boire de sa gourde ; puis, le chargeant sur ses épaules,

il le conduit au premier poste en même temps que son prisonnier. »

Que ne pouvait-on faire avec de tels soldats !... C'est grâce à eux, nous le répétons, que, malgré la redoutable coalition européenne soulevée alors contre la France, notre patrie put alors conserver son indépendance et sa liberté.

X.

Trois braves, trois actions d'éclat (1793, 1794, 1796).

Le 6 janvier 1793, l'armée prussienne fondit sur l'avant-garde de l'armée du Rhin. L'ennemi, déjà maître de la porte de Francfort, se présenta pour s'emparer de celle de Mayence. Le caporal de canonniers Bouchon (devenu plus tard capitaine au 56ᵉ) était de garde à cette porte avec deux pièces de campagne. Aidé de deux de ses camarades, il tira à mitraille sur l'ennemi, qu'il arrêta tout d'abord ; puis, par un feu continuel, il rendit nuls les efforts des Prussiens, qui revinrent plusieurs fois à la charge pour occuper ce poste important. C'est ainsi que, par son courage et sa présence d'esprit, ce brave soldat favorisa la retraite de quatre mille hommes qui, surpris et tournés, eussent été forcés de mettre bas les armes.

Le 19 mai 1794, le général autrichien Beaulieu attaqua, devant Bouillon, à la tête de dix-huit mille hommes, un corps de deux mille hommes au plus. Après avoir soutenu un choc terrible qui mit plus de huit cents hommes hors de combat, les Français, ne pouvant résister à des forces aussi supérieures, ployaient dans le plus grand désordre lorsque le capitaine Roche (promu peu après chef de bataillon), à la tête d'une compagnie de grenadiers, se plaça sur un pont, où, pendant plus d'une demi-heure, il arrêta avec cette poignée de braves les troupes autrichiennes et mit, par sa belle défense, les Français en retraite à l'abri de la cavalerie ennemie.

Le chef de bataillon Hersan, de la 56e demi-brigade, fut le héros d'une autre action d'éclat, accomplie par lui pendant la retraite de Moreau en 1796, alors qu'il n'était encore que capitaine adjudant-major.

En avant de Friberg, le général Gordy, qui commandait la 56e demi-brigade, donna au premier bataillon l'ordre de passer derrière l'armée autrichienne pour couper la retraite d'un corps d'émigrés. Il était onze heures du soir. Le capitaine adjudant-major Hersan, chargé de cette mission, traversa la ligne ennemie et prit position sur la route de Munich. Un régiment de cavalerie et deux régiments d'infanterie fondirent bientôt sur lui en faisant un feu terrible ; il n'avait point de retraite ; il mit sa troupe sur un rang, dispersa ses tambours, fit des commandements comme s'il avait eu un régiment, fit croiser la baïonnette, battre la charge, et marcha sur l'ennemi, qu'il culbuta.

XI.

Le fusilier Baudrier (avril 1794).

Le général Dugommier, nommé général en chef de l'armée des Pyrénées-Orientales, dit M. Emile Simond dans son très intéressant *Historique du 28ᵉ de ligne* (1), arriva à Perpignan le 17 janvier 1794 et organisa ses troupes. Le 1ᵉʳ bataillon du 28ᵉ, qui comptait quatre cents hommes le 29 janvier, fut mis à la division du général Sauret, placée à l'aile gauche de l'armée, et servit à composer l'avant-garde, avec deux bataillons d'infanterie légère et le 1ᵉʳ régiment de hussards. Cette avant-garde, commandée par le général de brigade

(1) Mégard et Cⁱᵉ, éditeurs, à Rouen

Guillot, occupa Elne. L'armée ne changea pas de position jusqu'au 27 mars, s'occupant de perfectionner l'instruction, de réparer l'armement et l'habillement....

Le 27 mars, l'armée quitta les camps et cantonnements où elle était restée pendant l'hiver, et prit une position offensive, la droite sur les hauteurs de Monestier et du Mas d'Eu, le centre en avant de Bages, et la gauche à Elne et Ortaffa.

Pendant le mois d'avril, les avant-postes préludèrent, par des escarmouches continuelles, aux opérations plus sérieuses que l'armée attendait avec impatience. Dans un de ces petits combats, le fusilier Baudrier, du 28e, accomplit un trait de bravoure qui mérite d'être conservé. Le 1er régiment de hussards avait surpris un poste ennemi et le sabrait, lorsque Baudrier, qui regardait cet engagement de loin avec quelques camarades, aperçut trois Espagnols ayant échappé aux hussards et fuyant sur la rive opposée du Tech.

Il s'écrie aussitôt : « Je vais leur couper la retraite ! » Il se jette à l'eau, armé seulement de sa baïonnette, traverse le fleuve et va se cacher dans les roseaux. Lorsque les ennemis arrivent à sa hauteur, il s'élance à leur poursuite, atteint le dernier, le saisit aux cheveux et le tue d'un coup de baïonnette, puis, s'emparant vivement de son fusil, il le décharge sur le second qui tombe. Il court ensuite après le dernier, parvient à le joindre et l'assomme à coups de crosse.

Ces petites affaires, conduites avec audace, finirent par inquiéter et fatiguer beaucoup les Espagnols, qui abandonnèrent plusieurs positions avancées et se renfermèrent dans leurs camps retranchés, garnis d'une formidable artillerie.

XII.

Pierre Durand, le lieutenant Camus et le sergent Courtois
(1794, 1796, 1799).

Pierre Durand, le lieutenant Camus et le sergent Courtois appartinrent tous les trois à la 16ᵉ demi-brigade, devenue le 16ᵉ régiment d'infanterie, qui encore aujourd'hui est fier à juste titre des actions d'éclat de ces trois braves, accomplies pendant les guerres de la Révolution.

En mai 1794, en Flandre, à l'attaque de Menin, le soldat Pierre Durand se précipita sur le corps de garde d'un poste avancé de l'ennemi. D'un coup de pied il renversa les fusils réunis en faisceau et se précipita la baïonnette en avant sur les ennemis étonnés, en leur criant d'une voix terrible :

« Mes camarades me suivent ; rendez-vous, ou vous etes morts ! »

A lui seul il fit de la sorte quinze prisonniers.

Deux ans plus tard, à l'armée de Sambre-et-Meuse, pendant le combat d'Amberg, le 24 août 1796, le lieutenant Camus fut chargé de garder un passage avec quelques hommes de sa compagnie. A peine avait-il pris position, qu'il fut assailli par un nombre considérable d'Autrichiens qui le sommèrent de se rendre. Pour toute réponse, Camus se tourna vers ses hommes, leur cria : « En avant ! » et, avec sa petite troupe, s'élança sur l'ennemi, qu'il fit prisonnier.

Camus devint plus tard lieutenant-colonel et fut mis en demi-solde par la Restauration.

Quant au sergent-major Courtois, c'est pendant la campagne de 1799 qu'il s'illustra par le trait d'héroïque audace que l'on va lire :

Le 6 juillet, ce sous-officier commandait une compagnie dont les officiers avaient été tués. Il marchait en tirailleurs dans les gorges d'Offembourg, lorsqu'il s'aperçut que les pandours autrichiens lui coupaient la retraite. Il les chargea à la baïonnette, s'ouvrit un passage et rejoignit son régiment. Il fut nommé officier sur le champ de bataille pour ce fait d'armes. Sa nomination fut confirmée peu après par un arrêté du premier consul en date du 29 vendémiaire an IX.

XIII.

Le sous-lieutenant Roger (14 et 26 janvier 1796).

A la bataille de Rivoli, le 14 janvier 1796, le sous-lieutenant de grenadiers Roger, de la 39ᵉ demi-brigade, disait le général Berthier, chef d'état-major général, dans son rapport officiel sur cette glorieuse affaire, « après avoir *affranchi* un retranchement, se trouva assailli par trois Autrichiens, qui s'étaient cachés derrière ; un d'eux le couche en joue, mais il le tue au moment où il lui lâchait son coup de fusil. Il tombe ensuite sur les deux autres Autrichiens et les blesse. »

Douze jours plus tard, le 26 janvier, le 39ᵉ passa sur la rive droite de l'Adige et entra dans Alba, après un combat d'avant-garde où le sous-lieutenant Roger se signala encore par un nouveau trait d'héroïque audace que des circonstances imprévues firent malheureusement échouer.

Dans ce combat, en effet, rapporte l'*Historique du* 39e, le sous-lieutenant Roger, accompagné de quatre grenadiers, dont un nommé Augeron, entreprit l'action hardie de couper la retraite à vingt uhlans qui harcelaient notre avant-garde.

Ils se portent au milieu d'un chemin par où les uhlans devaient passer, chargent leurs armes et croisent la baïonnette. Malheureusement, la pluie qui durait depuis quelques jours avait mouillé leurs fusils au point qu'ils ne peuvent faire feu lorsque les uhlans paraissent. Ceux-ci, voyant qu'il n'y avait rien à craindre, chargent nos grenadiers et les somment de se rendre. Les grenadiers refusent obstinément et se défendent avec opiniâtreté. Entre ces cinq hommes à pied et vingt à cheval le combat était trop inégal. Au bout de dix minutes, Roger est culbuté et obligé de se rendre avec trois autres grenadiers. Augeron parvient à se sauver, après avoir reçu plusieurs blessures et avoir eu un poignet et cinq doigts de l'autre main coupés.

Une action aussi courageuse méritait certainement un meilleur sort.

XIV.

Quatre braves de la 70ᵉ demi-brigade en Italie (avril et mai 1796).

Le 11 avril 1796, la 70ᵉ demi-brigade de bataille, avec les autres troupes de la division La Harpe, gravit les hauteurs de Montenotte avec un grand entrain et en délogea l'ennemi avec le plus grand courage. Les Autrichiens s'enfuirent en déroute et furent poursuivis si vigoureusement par nos troupes, que celles-ci coupèrent la retraite au régiment de l'archiduc Antoine et le firent tout entier prisonnier. Trois braves de la 70ᵉ furent spécialement cités comme s'étant plus particulièrement signalés dans ce brillant combat :

« Le citoyen Boirou, grenadier à la 70ᵉ, enlève le

drapeau de ce régiment (le régiment autrichien qui **fut fait prisonnier**).

« Le citoyen Lejeune, capitaine de grenadiers, à la tête de sa compagnie, ayant rencontré un corps de Croates embusqué, se précipite sur lui et lui fait perdre beaucoup de monde.

« Le citoyen Huot, sergent de cette même compagnie de grenadiers, se battit au sabre contre six de ces Croates et en fit quatre prisonniers. Mais bientôt assailli par un plus grand nombre, il essaye de leur résister et n'abandonne la lutte qu'après avoir reçu trois blessures graves qui l'estropient. »

Le mois suivant, au passage du Mincio, le 27 mai, un capitaine de la 70e se distingue encore par une action héroïque peu commune.

Ce brave officier, le capitaine Lejeune, choisit vingt-cinq grenadiers, entre avec eux dans la rivière et la traverse, ayant de l'eau jusqu'au cou, pendant que deux cents autres grenadiers, commandés par le capitaine Ragois, s'élancent vers le pont qui est défendu par cinq ou six cents hommes et une pièce d'artillerie. Le pont une fois franchi et les positions escaladées, tous ces braves grenadiers s'élancent avec un ensemble admirable « au pas de charge, sans tirer, sur la redoute placée à gauche du village de Borghetto, s'en emparent de vive force et y font cinq cents prisonniers. »

Les braves de la 70e demi-brigade.

4

XV.

Les sous-lieutenants Mouroux et Sognot (avril et septembre 1796).

Au combat de Dego (14 et 15 avril 1796), où la
51ᵉ demi-brigade dut traverser la Bormida sous un feu
terrible pour emporter d'assaut les redoutes ennemies
qui étaient situées sur l'autre rive, le sous-lieutenant
Mouroux se mit à la tête de quelques grenadiers et se
jeta avec eux au milieu du feu et de la mitraille, pour
arriver aux retranchements. Là, bien qu'atteint d'un
coup de sabre au bras, ce qui ne fit qu'irriter son courage, il gravit l'épaulement. Blessé de nouveau d'un
coup de baïonnette et renversé, il se releva et, suivi seulement de quelques soldats, s'élança dans la redoute
avec une telle fureur, que les Autrichiens, intimidés,
mirent bas les armes. Alors, « épuisé par la perte de

son sang, Mouroux, content de ce succès, fut emporté à l'ambulance. »

A la suite de ce trait d'une rare intrépidité et d'un héroïque courage, voici un acte de sang-froid non moins héroïque dont un autre sous-lieutenant de la même demi-brigade fut le héros quelques mois plus tard.

Le 16 septembre 1796, à l'affaire de Saint-Georges, dans le faubourg de Mantoue, le sous-lieutenant Sognot, envoyé en tirailleur avec douze hommes de sa compagnie, aperçut, au bout d'un quart d'heure de marche, quatre cents Autrichiens rangés en bataille.

Masquant aussitôt ses tirailleurs derrière les arbres avec recommandation expresse de ne tirer que lorsqu'il en donnerait l'ordre, le sous-lieutenant Sognot s'avança seul vers le commandant de la troupe ennemie. Arrivé à portée de la voix, il le somme de faire mettre bas les armes à ses hommes et de se rendre.

A cette sommation faite énergiquement par un seul homme, les Autrichiens ne savent que penser. « Etonnés d'une telle audace, les uns le mettent en joue, les autres délibèrent ; enfin leur chef demande que sa personne et celle de ses soldats soient garanties de toute insulte. Sognot en signe l'engagement, reçoit leurs armes, et conduit ses quatre cents prisonniers au quartier général de la division. »

XVI.

La 18e demi-brigade légère sous Mantoue (15 septembre 1796).

Le 15 septembre 1796, la 18e demi-brigade se distingue en Italie, sous Mantoue, à la bataille de la Favorite, où les actes de courage individuels sont particulièrement nombreux, dit dans son *Historique du 93e régiment d'infanterie* le capit᠁᠁ G. Duroisel, qui rappelle aussitôt en quelques mots ᠁ ᠁cun de ces actes de courage. Il va nous montrer que les sous-officiers de la 18e légère rivalisèrent, ce jour-là, d'héroïsme avec leurs officiers.

Le capitaine Faye, dit-il, les lieutenants Frader et Gibert, improvisent sous le feu de l'ennemi un petit pont sur un fossé large et profond qui arrêtait la marche de

la demi-brigade et le passent les premiers. Le caporal
Adam, le chasseur Castait et quelques autres enlèvent
une pièce de canon. Le sous-lieutenant Rigollier, avec
cinquante hommes, s'empare également d'une pièce,
ainsi que le caporal Pinel, qui reçut pour ce fait un fusil
d'honneur.

Le sergent Parisot et un grenadier de la 5ᵉ de bataille,
se trouvant seuls en présence d'un peloton de cavalerie,
ne songent pas un instant à fuir ; ils se mettent au con-
traire en défense, et blessent l'officier commandant le
peloton. Puis, au moment où ils allaient être chargés
par les cavaliers, ceux-ci voient arriver la tête de la
5ᵉ demi-brigade à peu de distance en arrière et prennent
la fuite.

A ce moment, venaient également de Mantoue deux
pièces de canon envoyées au secours de l'armée autrichienne ; le sergent Parisot et le grenadier de la 5ᵉ n'hé-
sitent pas à se jeter sur ces pièces, les forcent à s'arrêter, et donnent ainsi à la 5ᵉ de bataille le temps de
venir s'en emparer.

Le général Bertin, témoin de cette action, prit le nom
du sergent et lui promit d'en rendre compte au général
de division.

XVII.

Les héros de la 85ᵉ demi-brigade (1794-1797).

Discipline et obéissance à la loi, telle était la seule légende inscrite en lettres dorées sur les drapeaux distribués en 1794 aux demi-brigades de bataille au moment de leur formation. Ces vaillants régiments de la République se chargèrent vite d'ajouter sur leur étendard respectif d'autres inscriptions glorieuses. Bientôt en effet les noms des combats où la demi-brigade s'était le plus particulièrement distinguée furent successivement brodés sur la face opposée de son drapeau, au-dessous du numéro qui lui était attribué.

A cette époque, où la patrie en danger faisait appel au dévouement de tous ses enfants, les traits d'héroïsme collectif ou individuel sur les champs de bataille furent innombrables, et c'est grâce à eux que notre France parvint alors à conserver son indépendance et à repousser de son sol les nombreuses armées de la coalition soulevée contre nous.

Voici entre autres quelques-unes des actions d'éclat accomplies par divers braves de la 85ᵉ demi-brigade de ligne au moment de l'immortelle campagne d'Italie.

La 85ᵉ de bataille se fit remarquer dès ses débuts à l'armée du Nord, commandée par Pichegru. Le rapport suivant, daté du 29 floréal an II (18 mai 1794), en fournit la preuve :

« Dans la journée du 7 floréal, près du village de Priché, Nardot, sous-lieutenant de la 1ʳᵉ compagnie du 3ᵉ bataillon de la 85ᵉ, est blessé dangereusement à la cuisse d'une balle qui le met hors de combat ; ses camarades l'entourent et veulent le soustraire à la fureur des barbares autrichiens qui le menacent.

« — Laissez-moi, dit Nardot ; vous voudriez me sauver, l'ennemi vous charge, nous péririons ensemble ; votre vie est chère à la patrie ; conservez-la pour elle !

« Le jeune Doré-Brouville, sergent de la 6ᵉ compagnie du même bataillon, est atteint d'une balle dans la tête dans les bois de Voisy, le 22 floréal, au moment où il ajustait un hussard ennemi.

« — Les b......, au moins, dit-il, me devaient laisser brûler mon amorce. »

Deux ans plus tard, en Italie, le grenadier Chaudier, de la 85ᵉ de ligne, qui s'était déjà signalé par son audace et son énergie à la tête du pont de Mantoue le 3 juin 1796, se distinguait de nouveau, peu de jours après, par le trait suivant :

« L'ennemi occupait une maison d'où il tirait sur nos avant-postes ; le général Dallemagne harangue ses grenadiers et demande quel est le brave qui osera courir le périlleux honneur d'aller la détruire. Chaudier se présente, passe le Mincio à la nage, tenant entre ses dents une mèche allumée ; il parvient à embraser la maison et revient, protégé par quelques tirailleurs, rejoindre ses camarades. Chaudier reçut un sabre d'honneur. »

Le 22 mars 1797, au village de Tramin, en Tyrol, la 85ᵉ s'empara de deux pièces de canon et de plusieurs équipages et fit six cents prisonniers.

« Je ne dois pas passer sous silence, dit le chef de brigade Eberlé dans son rapport sur cette brillante affaire, un trait de bravoure de trois grenadiers dont j'ai conservé les noms : Denis, sergent-major ; Soulé, fourrier, et Therride, grenadier, ont enlevé à eux seuls un obusier et un canon, deux caissons, leurs attelages, et fait prisonniers les canonniers qui servaient les pièces.

Deux des canonniers furent tués au moment où ils met-
taient le feu à la mèche. Ces trois braves se jetèrent
ensuite, le sabre à la main, sur le piquet de la garde de
l'artillerie, et, seuls contre cinquante, ils le forcèrent à
la fuite. »

Dans cette affaire, Therride eut un doigt coupé par
un coup de sabre que lui donna un uhlan ; ce qui ne
l'empêcha pas de démonter le uhlan et de le faire prisonnier. Un sabre d'honneur fut accordé à ce brave grenadier.

XVIII.

Le capitaine René à la bataille de Rivoli (14 janvier 1797).

Le 14 janvier 1797, à neuf heures du matin, au début
de la bataille de Rivoli, après avoir culbuté un bataillon
de flanqueurs du corps du général autrichien Lusignan,
la 18ᵉ demi-brigade, raconte le général Pelleport dans
ses *Mémoires*, « descend à Garda, où elle laisse le capitaine René avec cinquante hommes : cet officier doit
observer le lac, sur lequel on a remarqué quelques
bateaux armés, et marcher ensuite sur Rivoli.

« La tête de la 18ᵉ ayant paru, Bonaparte se porte à
notre rencontre et nous dit : *Brave 18ᵉ, je vous connais,
l'ennemi ne tiendra pas devant vous !* A ces paroles, les
soldats répondent : *En avant ! en avant !* Masséna s'ap-

proche aussi de nous et nous dit : « Camarades, vous
« avez devant vous quatre mille jeunes gens appartenant
« aux plus riches familles de Vienne ; ils sont venus
« en poste jusqu'à Bassano, je vous les recommande ! »
Cette harangue, parfaitement comprise, nous fait rire. »

Les Autrichiens, attaqués avec furie par les nôtres,
furent en effet rapidement mis en déroute. Dans leur
désarroi, une colonne entière de douze à quinze cents
des leurs chercha à se retirer sur Garda, où, comme
nous venons de le voir, avait été placé en observation le
capitaine René avec une cinquantaine d'hommes.

Cet officier, lisons-nous dans le fort intéressant
Historique du 18ᵉ régiment d'infanterie de ligne, écrit
par M. le lieutenant Labouche, visitait ses sentinelles,
quand il voit arriver à lui un petit groupe d'Autrichiens.
Dès qu'il les aperçoit, il leur fait signe de mettre bas
les armes, ce qu'ils s'empressent de faire. Mais quel
n'est pas l'étonnement du capitaine lorsqu'il s'aperçoit
que le groupe fait prisonnier n'est que l'avant-garde
d'une colonne qui s'avance pour traverser le défilé !
Comptant alors sur la terreur des Autrichiens et se fiant
à la disposition du terrain qui ne leur permet pas de
s'assurer du nombre de Français auxquels ils ont
affaire, il se porte en avant vers la colonne, à quelques
pas des siens. Lorsque la colonne arrive au détour de

MASSÉNA.

la route et que son chef, qui marche en tête, est assez près pour être entendu, le capitaine crie avec audace : « Bas les armes! » Les soldats de la 18ᵉ aux environs crient également : « Bas les armes! » Alors le chef autrichien, pensant que la compagnie de René est l'avant-garde d'une forte colonne française, propose de capituler. Sur le refus du capitaine, il lui donne son épée. La troupe autrichienne défile devant le capitaine en jetant les armes. Près de quinze cents hommes sont ainsi faits prisonniers.

XIX.

Le lieutenant Gantois (14 décembre 1798).

Au mois de décembre 1798, la corvette française *la Bayonnaise*, de vingt pièces de huit, ne put échapper à la poursuite d'une frégate anglaise, l'*Ambuscade*, armée de quarante-deux canons, la plupart de 18 et de 24. Voyant qu'elle allait être infailliblement atteinte par le bâtiment anglais, la corvette française, malgré son évidente infériorité, se décida à faire bravement tête à l'ennemi et à lui livrer combat. Ne pouvant soutenir la lutte avec son artillerie insuffisante, la *Bayonnaise* manœuvra pour tenter l'abordage, ce qui lui réussit parfaitement, le 14 décembre, grâce à la valeur et à l'enthousiasme de l'équipage et des soldats.

La *Bayonnaise* abordant l'*Ambuscade*.

Là, au milieu des flots, dans cette lutte acharnée qui pouvait se terminer par l'engloutissement des deux navires et la mort de. tous les combattants, se signala par son sang-froid et sa décision le lieutenant en second Gantois, de l'artillerie de marine. Le commandant des armes du port de Rochefort a raconté comme il suit, dans son rapport au ministre, l'action du vaillant officier :

« Le citoyen Gantois, chef de batterie, lieutenant dans la 5ᵉ demi-brigade, s'est comporté, dans cette circonstance, avec le plus grand courage ; au moment où le beaupré de la *Bayonnaise* rompit, cette corvette vint en travers dans la poupe de la frégate anglaise. Le brave Gantois, voyant alors un moment favorable pour terminer l'abordage qui durait encore, fit tirer deux coups de canons chargés à mitraille dans l'arcasse de la frégate l'*Ambuscade*. Ces deux coups de canons décidèrent les Anglais à se rendre à discrétion. »

Ajoutons que, par décret du 3 février 1799, le lieutenant en second Gantois, de la 5ᵉ demi-brigade d'artillerie de marine, fut fait lieutenant en premier, et le sergent Viaud, du même corps, lieutenant en second, « pour actes d'intrépidité et de dévouement dans le combat de la corvette *la Bayonnaise* contre l'*Ambuscade*, prise à l'abordage le 14 décembre 1798. »

XX.

Etienne Montagnier en Italie (1797-1802).

Partir comme volontaire dans les armées républi-
caines au moment de la déclaration de la patrie en
danger, et, en quelques années, à force d'héroïsme,
devenir l'un des plus brillants et des plus estimés officiers supérieurs de ces armées qui firent faire le tour de
l'Europe au drapeau tricolore, tel fut le sort de plus
d'un des jeunes patriotes de ce temps-là, tel fut en
particulier celui d'Etienne Montagnier, originaire de la
Provence.

Il avait vingt ans lorsqu'il s'engagea au 9ᵉ régiment
de dragons, le 19 novembre 1792. Un an après il était
brigadier, et l'année suivante fourrier. Il avait déjà vail-

lammènt conquis les galons de maréchal des logis chef,
lorsque, en l'an V, il fut successivement, en Italie, le
héros de trois actions d'éclat, dont une seule suffirait à
illustrer un homme. Ce fut à la suite de ces faits d'armes
d'une audace inouïe qu'il reçut les épaulettes de sous-
lieutenant. Presque chacun de ses grades successifs,
jusqu'à celui de colonel, fut d'ailleurs la récompense de
quelque acte héroïque.

Nous ne rapporterons ici que ses prouesses en Italie.

En l'an V (1797), à Anguyari, à la tête de vingt dragons seulement, il chargea trois cents hommes d'infanterie autrichienne et leur fit mettre bas les armes, après
avoir tué leur chef de sa propre main.

A Trévise, c'est un peloton entier de cavalerie qu'il
enfonce.

Au passage du Tagliamento, chargé par le colonel
Duvivier d'écarter deux escadrons autrichiens, il se met
à la tête de quelques hommes choisis, charge les
Autrichiens, les culbute et en tue plusieurs de sa main.

Deux ans plus tard, en mars 1799, il conquiert ses
épaulettes de lieutenant en exécutant trois charges à la
tête de quarante dragons, charges qui eurent pour
résultat d'enlever à l'ennemi le pont qu'il occupait sur
l'Adige et de lui couper ainsi la retraite.

Le mois suivant, à Verdiero, il enlevait encore à l'ennemi trois pièces de canon et lui faisait quatre cents prisonniers : il eut ce jour-là deux chevaux tués sous lui.

A la bataille de Marengo, il venait de s'emparer de deux pièces de canon et de leurs caissons, lorsqu'il s'aperçut que des forces supérieures s'apprêtaient à le charger pour lui enlever son butin. Pour ne pas abandonner à l'ennemi ces deux canons, il ordonna de les culbuter dans un ravin, et, pour donner le temps à ses hommes de faire cette utile besogne, il soutint corps à corps un combat contre un officier de cavalerie ennemi ; ce qui permit à sa petite troupe d'emmener au moins les artilleurs et les chevaux.

Tel fut Etienne Montagnier, qui devint successivement colonel du 9e hussards et du 11e dragons, et fut, en 1815, mis en demi-solde par la Restauration. Le souvenir de ce vaillant méritait bien d'être rappelé.

XXI.

Duchâteau et Deutschemann (11 juin 1799).

Duchâteau et Deutschemann, tous les deux du
7ᵉ chasseurs, firent preuve d'un héroïsme remarquable
à la bataille de Modène, le 11 juin 1799, la veille de
l'entrée du général Mac-Donald dans cette ville. On sait
que, dans cette affaire, la cavalerie contribua dans une
large part à la victoire, et surtout le 7ᵉ chasseurs : l'ennemi, complètement battu, s'enfuit en désordre sur
San-Benedetto, poursuivi sans relâche par nos infati-
gables cavaliers. Voici d'ailleurs comment, dans son
rapport, le général Ollivier s'exprime sur cette brillante
action militaire :

« La cavalerie, soutenue par l'infanterie, a traversé

la ville et s'est portée à la poursuite de l'ennemi par la porte où il fuyait. Mon avant-garde s'est précipitée entièrement sur ses pas, de droite et de gauche, pour lui couper la retraite. L'ennemi, cerné de toutes parts, s'est rendu à discrétion. Trois mille hommes, quarante officiers se sont vus forcés de mettre bas les armes, après avoir laissé sur le champ de bataille plus de huit cents tués ou blessés, trois drapeaux, des armes en quantité, douze pièces de canon, quatre cent trente-trois chevaux. Voilà le résultat de l'affaire de ce matin. »

Duchâteau prit part à cette bataille en qualité de maréchal des logis, grade qu'il avait déjà obtenu à la suite de diverses actions héroïques, notamment devant Rome, dix ans auparavant, où il avait été blessé d'un coup de sabre. A Modène, il gagna ses épaulettes de sous-lieutenant par un acte d'une audace peu commune. Accompagné de trois chasseurs seulement, il s'élança avec eux au milieu d'un régiment ennemi, en s'ouvrant un sanglant chemin à coups de sabre. Une fois là, ces quatre héros se conduisirent de telle sorte, qu'ils réussirent à s'emparer de deux drapeaux et à ramener cinquante prisonniers.

Quelques années plus tard, le 23 août 1805, Duchâteau était nommé lieutenant au choix de l'empereur. Il mourut à Francfort le 13 mai 1806.

Quant à Deutschemann, bien que lui aussi parvînt un peu plus tard au grade de sous-lieutenant, il n'était encore que simple chasseur à la bataille de Modène. Ainsi que Duchâteau, il se distingua, on peut le dire, dans toutes les affaires où il se trouva.

Le 11 juin 1799, comme il faisait partie de l'avant-garde du régiment, il entra, « avec une intrépidité remarquable, dans les rangs d'un corps de cavalerie ennemie (chasseurs de Bussy), qu'il mit promptement en désordre avec le peu de camarades qui l'avaient suivi ; il en tua et blessa un grand nombre, en fit d'autres prisonniers, et, quoique couvert de coups de sabre et que son cheval eût été tué sous lui, il échappa au pouvoir de cet ennemi nombreux.

« A la bataille de Novi, à peine remis de ses blessures, il se conduisit avec sa valeur accoutumée et délivra plusieurs grenadiers qui étaient tombés au pouvoir des Russes (1).

Deutschemann reçut un mousqueton d'honneur le 30 mai 1803.

_____

(1) _Historique du 7ᵉ régiment de chasseurs._ — Imprimerie Jules Céas et fils, à Valence.

XXII.

Le capitaine Latour (1799).

Né à Bordeaux (Gironde), le capitaine Latour s'était enrôlé comme simple soldat en 1784. Dix ans plus tard, en 1794, il avait vaillamment conquis le grade de capitaine.

Le 16 mai 1799, en Italie, le général en chef Moreau résolut d'attaquer l'ennemi entre Alexandrie et Tortone. Le bataillon dans lequel combattait Latour eut ordre d'éclairer la route de Novi; mais l'armée française, accablée par des forces supérieures, ayant été obligée de repasser la Bormida, ce bataillon se trouva coupé de sa ligne de retraite; il ne lui restait plus qu'à mettre bas les armes ou à se jeter dans l'Orba.

Le capitaine Latour conseilla vivement ce dernier parti, chercha un gué, et tout le bataillon se risqua dans la rivière, dont le cours torrentueux présentait de grands dangers. Sur onze cents hommes, plus de quatre-vingts furent entraînés et périrent dans les flots.

Dans cette circonstance, trente officiers ou soldats durent la vie au brave Latour. A chaque instant, malgré sa fatigue, il arrachait à la mort de nouvelles victimes, et lui-même manqua de périr : un grenadier, qu'il s'efforçait de sauver, s'était attaché à lui et le serrait avec tant de violence, qu'il lui devint impossible de nager ; épuisé, Latour allait subir le sort de celui qu'il voulait sauver, quand le caporal Leguerney, de sa compagnie, se mit à la nage et le poussa sur la rive.

Le 2 juin suivant, cet intrépide officier, placé avec deux compagnies au village de Muccetto, se défendit quatre jours et quatre nuits contre les attaques combinées des Autrichiens et des partisans piémontais. Il continuait de résister avec vigueur, lorsque le général Gardanne, trompé par de faux avis, ordonna l'évacuation de ce poste, dont l'ennemi s'empara, et qu'il fallut reprendre le lendemain. Quatre compagnies furent, avec trente hussards, destinées à cette expédition, et le soin de la diriger fut confié à Latour. Il avait dépassé les avant-postes et n'était plus qu'à une faible distance du village, lorsque l'officier de hussards vint lui annoncer que ses soldats n'avaient pas leurs cartouches.

— N'avez-vous pas des sabres, et nous des baïonnettes ? lui répondit-il.

Puis il s'élança le premier à la charge, culbuta les Autrichiens et les chassa de Muccetto, où il s'établit d'une manière inébranlable, malgré les efforts de l'ennemi pour s'en emparer de nouveau.

Le 16 août 1799, pendant la bataille de Novi, le capitaine Latour, laissé avec deux cents grenadiers dans une gorge dont il avait à défendre l'entrée, y combattit toute la journée contre des forces constamment supérieures, repoussa vingt assauts, perdit la moitié de son monde, et n'en arrêta pas moins l'ennemi, qui ne put jamais parvenir à le déposter.

Le général Moreau avait été à même, dans plus d'une circonstance, d'apprécier la résolution et le dévouement de Latour. Capitaine, lui avait-il dit avant l'action, *il faut vous faire enterrer dans cet endroit plutôt que de rompre d'une semelle.* Après le combat, il voulut le récompenser en le nommant chef de bataillon ; mais le brave capitaine, toujours en défiance de son propre mérite, demanda à rester dans son grade.

Le capitaine Latour, après de brillants services, devint plus tard général de brigade et mourut à Paris en 1833. (*Le Livre d'or du 56ᵉ*, par le capitaine adjudant-major Telmat.)

XXIII.

La 49ᵉ demi-brigade à l'armée gallo-batave (10 septembre — 6 octobre 1799).

En 1799, la 49ᵉ demi-brigade fut incorporée dans l'armée gallo-batave, lisons-nous dans l'abrégé de l'*Historique du 49ᵒ régiment d'infanterie* publié à Bayonne en 1891, armée que le général Brune organisait à la hâte pour s'opposer à l'invasion dont les Anglais et les Russes menaçaient la Hollande.

Les batailles du Zyp (10 septembre), de Bergen (19 septembre), d'Alkmaar (2 octobre), et de Castricum (6 octobre), sont autant de dates inoubliables où les officiers et les soldats de la 49ᵉ se couvrirent de gloire. Il faut faire un choix dans ces merveilleux faits d'armes, qu'il serait trop long d'énumérer tous.

Au combat du Zyp, le grenadier Romère sauta le premier dans les retranchements anglais. Son camarade Michel, tombé sur le champ de bataille au début de l'action avec une cuisse fracassée, continua néanmoins à charger son fusil et à tirer. Deux officiers anglais tombèrent sous ses coups, et il ne cessa de combattre que lorsque ses forces l'abandonnèrent totalement.

A Bergen, le sergent Schwallin se jeta le premier au milieu des batteries ennemies. Le soldat Schérer fit à lui seul douze prisonniers. Le grenadier Gommier s'empara d'une pièce de canon, fit prisonniers les canonniers qui la servaient et les força à ramener son trophée. Le fusilier Hubaine, s'élançant dans la mêlée, enleva un drapeau aux ennemis, et du même coup délivra un officier qui venait d'être fait prisonnier. Après cet exploit, il revint au combat, rejoignit les tirailleurs les plus avancés, et ramena cinq prisonniers, dont un officier supérieur.

A ces braves soldats leurs chefs avaient donné l'exemple : le commandant Chauvel eut son cheval tué sous lui. Son bataillon prit trois drapeaux, quatre pièces de canon, et fit le général russe Hermann prisonnier. Le sergent-major Delamarche, qui avait accompli ce dernier exploit, fut fait sous-lieutenant sur le champ de bataille.

Le commandant Bardet fut également nommé chef de brigade sur le champ de bataille et placé quelques jours plus tard à la tête de la 49ᵉ demi-brigade.

A la bataille d'Alkmaar, le grenadier Gonon, ayant été assailli par six Russes qui voulaient le faire prisonnier, se défendit avec une telle vigueur, qu'il mit trois de ses adversaires hors de combat, les obligea à se rendre et mit les trois autres en fuite. Le fusilier Hubaine, dont nous avons déjà cité les exploits à Bergen, fut grièvement blessé au commencement du combat ; après s'être fait panser, il revint à son poste, et, suivi seulement d'un de ses camarades, il attaqua un peloton de Cosaques, en tua deux, et ramena un cheval au quartier général. L'année suivante, ce brave soldat trouva encore moyen de se signaler et reçut du premier consul une pension de 600 fr. et un fusil d'honneur en récompense de sa belle conduite.

A Castricum, le capitaine adjudant-major Maillard, voyant un détachement de deux cents soldats russes sur le point de pénétrer dans le village, rallia à la hâte une vingtaine d'hommes, fit un feu ininterrompu sur les ennemis, en tua une partie et mit le reste en déroute.

Le sous-lieutenant Boudin, après avoir tué trois conducteurs d'artillerie, prit une pièce et un caisson aux

Russes et leur fit un colonel prisonnier. Le soldat Vigier
s'élança sur une batterie anglaise, arriva, malgré la
mitraille, jusqu'à la gueule des canons, tua une partie
des servants, dispersa les autres et s'empara d'une
pièce.

XXIV.

Le capitaine Cabart (18 septembre et 2 décembre 1799).

Le 18 septembre 1799, l'ennemi, après nous avoir enlevé plusieurs canons, voulait s'emparer d'un pont établi sur le Rhin, à Manheim. Le capitaine Cabart (né à Chartres le 7 janvier 1770), avec une poignée d'hommes, tombe sur les Autrichiens, reprend une pièce de canon et dégage le passage du pont ; ce qui sauve douze cents Français restés sur la rive droite du fleuve.

Le 2 décembre de la même année, pendant que la brigade du général Roussel se battait avec acharnement auprès de Rorzheim, l'ennemi envoie une forte colonne pour s'emparer du parc de la division ; il va réussir,

6

lorsque le capitaine Cabart, à la tête de sa compagnie, le charge avec tant d'intrépidité, qu'il oblige les
Autrichiens à se retirer. Le parc est sauvé.

Le capitaine Cabart avait gagné tous ses grades sur le
champ de bataille. Il devint colonel en 1806.

XXV.

Les sous-officiers de la 50ᵉ demi-brigade (28 avril 1800).

En 1800, la 50ᵉ demi-brigade venait d'être envoyée à l'armée du Rhin, commandée par le général Moreau, lorsqu'elle eut l'honneur d'engager les hostilités par le combat d'Albebrück (28 avril), où elle se distingua d'une manière éclatante. L'*Historique* du régiment rapporte à ce sujet une foule d'actions d'éclat dont voici les plus remarquables :

Le sergent Coulez saute le premier dans les retranchements ennemis et fait lui-même trois prisonniers. Les grenadiers Benoist, Kech et Fradin s'y précipitent après lui ; pendant que ceux-là s'emparent de deux canons, Fradin saisit un cheval attelé dont il coupe les traits et sur lequel il s'élance à la poursuite de l'ennemi.

Quelques instants après, c'est le sergent Feisrin qui court à un pont barricadé ; malgré un feu violent, il arrache les chevaux de frise et ouvre le passage.

C'est enfin le sergent-major Joly qui, à la tête d'une section, poursuit l'ennemi et lui fait trente prisonniers, malgré l'opposition d'un escadron contre lequel il a longtemps à se défendre....

Tous ces braves reçurent des armes d'honneur destinées à perpétuer le souvenir de leur belle conduite.

A cette même 50ᵉ demi-brigade appartenait le caporal Rouget, un autre héros, qui, l'année précédente, au combat de Liptingen, le 24 mars 1799 (la 50ᵉ faisait alors partie de l'armée du Danube), se précipita seul sur un groupe d'Autrichiens qui emmenaient prisonniers plusieurs de ses camarades, leur fit mettre bas les armes, et délivra ses camarades.

XXVI.

Le capitaine Cazeaux au pont de Plaisance (6 mai 1800).

Au commencement de mai 1800, une armée française, après avoir franchi le petit Saint-Bernard, se battait en Italie. L'une de ses divisions, chargée du blocus et de l'attaque du fort du Bard, s'étendait sur la rive gauche du Pô. Dans le cours des diverses opérations militaires de cette division, un capitaine et un sergent de la 9ᵉ demi-brigade se signalèrent par un trait d'audace vraiment remarquable.

C'était le 6 mai ; on se fusillait avec acharnement à la tête du pont de Plaisance, dont il était important de nous emparer pour pénétrer dans la ville. Au moment où la fusillade était encore des plus vives, le capitaine

Cazeaux se porta en avant, suivi d'un sergent, qui fut tué depuis, et dont le nom n'a malheureusement pas été conservé, pénétra jusqu'au milieu du pont, et y fit prisonnière l'arrière-garde ennemie, composée de quatre-vingts hommes

Un moment après, ceux-ci, revenus de leur surprise et voyant qu'ils n'avaient affaire qu'à deux Français, ne voulurent plus se rendre ; mais le capitaine, qui s'était porté sur eux avec tant de valeur et de hardiesse, leur en imposa encore et les contint par des mesures et un langage aussi fermes qu'audacieux.

Cette brillante action lui valut, le 4 thermidor **an IX** (22 juillet 1801), un sabre d'honneur.

XXVII.

Une poignée de héros (14 juillet 1800).

Le 14 juillet 1800, au combat et à la prise de Feldkirch, qui assura la communication de l'armée du Rhin avec celle d'Italie, la 83ᵉ demi-brigade se signala par son héroïsme. Parmi les nombreuses citations à l'ordre du jour que méritèrent ce jour-là les officiers et les soldats qui la composaient, nous relevons les suivantes :

« Le commandant Minal enlève une redoute et fait cinquante prisonniers.

« Le commandant Costes rallie autour de lui son bataillon plusieurs fois rompu et repousse l'ennemi.

« Le capitaine Poussain soutient pendant plus de six

heures, avec sa compagnie, le feu d'un bataillon entier
qui défendait un ouvrage armé de quatre pièces d'artillerie.

« Le grenadier Angot, qui s'était élancé le premier
dans une redoute, a le bras droit emporté par un boulet
et dit à ses camarades, qui s'approchaient de lui pour
le secourir et l'enlever du champ de bataille : « Laissez-
« moi, je ne marche plus, mais l'ennemi marche encore.
« En avant, mes amis, la patrie l'ordonne. »

« Le grenadier Constantin, pendant qu'il était en
tirailleur, charge avec deux de ses camarades sur un
peloton de cavalerie et le force à la retraite ; il avait déjà
fait plusieurs prisonniers quand un coup de mitraille le
renverse.

« Le grenadier Péchard et trois autres hommes sont
blessés mortellement en marchant sur un peloton de
cavalerie et refusent toute espèce de secours, en enga-
geant leurs camarades à réunir tous leurs efforts contre
les Autrichiens. »

XXVIII.

Le lieutenant Balbal à Saint-Domingue (1802).

Au début de l'expédition de Saint-Domingue, le général Clauzel était arrivé, le 31 mars 1802 (1), à Plaisance, à la tête de la division dont le commandement provisoire venait de lui être confié. Ayant formé une petite colonne composée d'un détachement de la 30ᵉ légère, d'un autre de la 38ᵉ demi-brigade, et du bataillon allemand, il en confia le commandement à un capitaine de la 30ᵉ légère.

---

(1) Nos divers navires transportant le corps expéditionnaire étaient partis de France au commencement de décembre 1801, mais ils n'arrivèrent aux Antilles qu'à la fin de janvier et au commencement de février 1802.

Cette colonne, raconte M. le capitaine d'Izarny-Gargas
dans l'*Historique du 38°* (1), à qui nous empruntons les
détails qui suivent, quitta Plaisance le 2 avril pour se
porter sur la Marmelade. Elle arriva sur ce point le
3 avril, à la pointe du jour, sans avoir été inquiétée
dans sa marche. Ayant reconnu que la division de Dam-
pierre avait quitté cette position, la colonne se remit en
route pour revenir au camp. Elle marchait depuis une
demi-heure à peine lorsqu'elle fut assaillie de toutes
parts par les noirs. Voyant que les hommes qui mar-
chaient en tête se débandaient, et que le capitaine qui
commandait le détachement avait perdu la tête, le lieutenant Balbal, de la 38°, prit le commandement. Il
chargea plusieurs fois à la baïonnette avec les quelques
hommes restés auprès de lui, mais il ne parvint pas à se
dégager.

Environné par une nuée de noirs, le détachement est
en pleine déroute. Balbal lutte jusqu'au dernier moment;
il tombe enfin entre les mains de trois rebelles, qui le
frappent de cinq coups de baïonnette et s'empressent de
le dépouiller. Ils lui arrachent son sabre, son hausse-
col, et veulent l'obliger à se déshabiller lui-même avant
de le fusiller. Dans cet instant critique, Balbal a recours

---

(1) Imprimerie Théollier et C[le], à Saint-Étienne.

à son argent. Il jette loin de lui tout le contenu de ses poches. Les noirs se précipitent pour le ramasser, abandonnant, pour aller plus vite, les armes et les effets dont ils avaient déjà dépouillé le lieutenant. Celui-ci parvient à ressaisir son sabre, et se sauve après avoir coupé le cou à deux de ces brigands et traversé le corps du troisième.

Le lieutenant Balbal s'était déjà signalé quelques jours auparavant, le 17 février, à la prise du bourg de Limbé et y avait été blessé (il n'était alors que sous-lieutenant), combat dans lequel se distingua tout particulièrement la 38e demi-brigade, et qui fut suivi d'un fait d'armes assez extraordinaire et audacieux que nous fait également connaître l'*Historique*.

En effet, le lendemain de la prise de Limbé, le général de division fit partir, à deux heures du matin, le chef de brigade Grandet, à la tête d'une colonne de six cents hommes, composée de détachements des 19e et 30e légères et des grenadiers de la 38e, pour aller chercher des vivres à l'embarcadère de Limbé et y embarquer les blessés.

Arrivé à l'embarcadère, le chef de brigade Grandet ne rencontra ni vivres, ni bâtiments pour embarquer ses blessés. Il fit aussitôt radouber une petite chaloupe qui faisait eau de toutes parts, et la fit monter par des carabiniers de la 30ᵉ légère et des grenadiers de la 38ᵉ. Ces braves allèrent à deux lieues en mer assaillir et prendre une goëlette qui, pour fuir plus vite, avait coupé l'amarre du canot qu'elle avait à la traîne. Cette goëlette, mouillée sur la rade, embarqua les blessés, et mit la voile pour le Cap.

Le détachement revint au camp dans la nuit du 18 au 19 février.

On ne voit pas tous les jours des carabiniers et des grenadiers prendre d'assaut des navires en pleine mer.

XXIX.

Le général Valhubert (1791-1805).

Jean-Marie-Melon Roger Valhubert naquit à Avranches le 23 octobre 1764. Il reçut une très solide instruction et manifesta surtout du goût pour les sciences. Il se disposait à subir des examens afin d'entrer dans une école d'artillerie, lorsque parut un édit royal exigeant plusieurs quartiers de noblesse pour entrer dans le corps royal d'artillerie (ministère du maréchal de Ségur). Il s'engagea alors au régiment de Rohan-Soubise, et son père l'en fit partir au bout d'une année.

Le 22 octobre 1791, il fut élu commandant en second du 1er bataillon de volontaires de la Manche, qui alla servir dans la division du général de la Bourdonnaye, à

l'armé de Custine. Valhubert se distingua à la défense
de Lille en 1792. Il fut fait prisonnier, le 13 septembre
1793, avec la garnison du Quesnoy, et resta deux ans
en captivité. Ayant été échangé, il se rendit à Paris et
fut nommé chef de la 28ᵉ demi-brigade le 12 septembre 1797.

Jusqu'au 29 août 1803, il resta à la 28ᵉ, et la dirigea
avec une habileté, un dévouement et un héroïsme qui
le rendirent célèbre et qui firent accomplir de véritables
prodiges à ses soldats entraînés par lui. Bonaparte
combla d'éloges la 28ᵉ et sut dignement récompenser
son intrépide chef, après la campagne d'Italie. Tous les
généraux s'accordèrent à reconnaître le rare mérite de
Roger Valhubert. Il était aussi aimé de ses inférieurs
que de ses chefs. Le premier consul ayant oublié
Valhubert dans sa première distribution d'armes d'honneur, tous les officiers de la 28ᵉ se réunirent le 7 octobre
1802 pour adresser une réclamation. Un arrêté du
24 janvier 1803 décerna un sabre d'honneur au chef de
la 28ᵉ, et le premier consul lui accorda en outre une
gratification de 12,000 fr., que Valhubert partagea avec
sa demi-brigade.

Le ministre de la guerre envoya au conseil d'adminis-
tration le brevet d'honneur le 10 février, et donna l'ordre
suivant : « Avant de remettre à cet officier supérieur ce

témoignage honorable de la satisfaction du gouverne-
ment, vous en ferez faire la lecture à la tête de la demi-
brigade, qui sera assemblée à cet effet. » A la fin de la
même année, le général de division Michaud disait de
Valhubert : « Officier distingué par sa conduite, sa déli-
licatesse, ses moyens et ses connaissances. Il a des
mœurs très douces, une éducation soignée, du zèle, de
l'activité, de la fermeté, enfin toutes les qualités qu'on
peut désirer dans un chef de corps. »

Il fut nommé général de brigade le 29 août 1803,
membre de la Légion d'honneur le 11 décembre 1804,
commandeur de l'ordre le 14 juin 1805.

Il combattit avec sa bravoure habituelle à Austerlitz.
Il était en avant du 2e bataillon du 88e de ligne, bien en
vue, à la gauche dela route de Brünn à Olmütz, qu'il devait
défendre et que les Russes criblaient de projectiles d'artillerie. Tout à coup son aide de camp est renversé à
côté de lui avec son cheval, par un obus, et des soldats
se précipitent pour le secourir. Le général Valhubert
leur crie de ne pas oublier que l'empereur a formelle-
ment défendu de quitter les rangs, sous quelque motif
que ce soit. Un autre obus éclate en ce moment. Le
général a la cuisse emportée et tombe tout sanglant. Les
soldats, qui l'adorent, se pressent pour l'emporter.
« Souvenez-vous de l'ordre du jour, répète encore

Roger **Valhubert** d'une voix impérative, et serrez vos rangs. Si vous revenez vainqueurs, on me relèvera après la bataille ; si vous revenez vaincus, je n'attache plus de prix à la vie. »

Malgré ses ordres et ses menaces, le chef de bataillon, les officiers et les soldats veulent absolument lui porter secours, lui jurant de ne faire exception que pour lui. Il est inflexible et exige qu'on le laisse où il est tombé. On refuse de l'écouter. Des hommes le placent sur des fusils et le portent à l'ambulance. Pendant le trajet, il leur reproche avec véhémence leur conduite et leur ordonne toujours de le déposer à terre et de courir au combat. Mais les soldats voient son état désespéré et ne veulent plus rien entendre.

Enfin, on arrive à l'ambulance. Le général Valhubert ne se fait pas d'illusions, et sent qu'il va bientôt mourir. C'est alors qu'il dicte, avec beaucoup de calme, ce dernier billet adressé à l'empereur : « J'aurais voulu faire plus pour vous ; je meurs dans une heure ; je ne regrette pas la vie, puisque j'ai participé à une victoire qui vous assure un règne heureux. Quand vous penserez aux braves qui vous étaient dévoués, pensez à ma mémoire. Il me suffit de vous dire que j'ai une famille ; je n'ai pas besoin de vous la recommander. »

Il ne mourut pas aussi vite qu'il s'y attendait. Il

expira à Brünn trois jours après, à la suite de cruelles souffrances. Sa mort fut un deuil pour la Grande Armée.

Il fut enterré sur le champ de bataille, et l'armée éleva sur sa tombe un monument de marbre noir, sur lequel on grava l'inscription suivante :

« Au brave général Valhubert, tombé dans la bataille d'Austerlitz, le 2 décembre 1805.

« Nos ennemis, qui savent apprécier le courage, sauront aussi respecter, après notre éloignement, ce monument élevé à un de nos généraux dont le grand caractère et les talents militaires sont faits pour servir de modèle à toutes les nations. »

Lorsque les troupes autrichiennes s'approchent de ce tombeau, elles défilent et lui rendent les honneurs militaires.

Napoléon Ier n'oublia pas la suprême prière du général, et il accorda une pension à sa sœur. Par un décret rendu peu de jours après la bataille d'Austerlitz, l'empereur prescrivit que les nouvelles voies que l'on allait ouvrir à Paris, aux abords du Jardin des Plantes, prendraient les noms des généraux et colonels tués à Austerlitz. Le nom de Roger Valhubert fut donné à la principale place qui se trouve entre le Jardin des Plantes et le pont d'Austerlitz, et, de plus, inscrit sur

7

l'arc de triomphe. Une statue du général a été élevée sur
la place d'Avranches, sa ville natale, et inaugurée le
16 septembre 1832.

Tous les honneurs rendus à cet intrépide officier ne
sont pas exagérés, car on peut dire de lui, comme de
Bayard, qu'il fut « sans peur et sans reproche ».
(*Historique du 28ᵉ régiment de ligne*, par M. le lieutenant Emile Simond) (1).

Voici maintenant un des nombreux faits d'armes
accomplis par Valhubert (le 11 juin 1799), alors qu'il
n'était encore que chef de la 28ᵉ demi-brigade. Cette
action militaire, qui nous est signalée par le même
auteur, est connue sous le nom de combat de la Visp et
eut lieu en Suisse.

L'attaque du Simplon ayant été de nouveau résolue,
dit M. le lieutenant Emile Simond, des troupes furent
dirigées de ce côté. Pour favoriser cette expédition, la
28ᵉ, le 1ᵉʳ bataillon de la 110ᵉ et quatre compagnies de la
57ᵉ eurent ordre de prononcer une fausse attaque sur la
Visp, afin d'attirer les forces des Autrichiens de ce côté.
Le chef de la 28ᵉ, Roger Valhubert, conduisit l'opération.

Bientôt le chef de brigade arrive avec l'avant-garde
devant un pont conduisant à la position occupée par

(1) Rouen, Mégard et Cⁱᵉ, éditeurs.

l'ennemi. Valhubert entraîne les premières fractions sans attendre les autres troupes, qui suivaient à assez grande distance, afin de s'assurer de la possession importante de ce passage. Il s'en empare, malgré les feux violents des Autrichiens, et arrive sur la rive opposée avec quarante hommes seulement. Huit cents chasseurs ennemis exécutent une charge pour culbuter ce faible groupe. Roger Valhubert les voit venir, feint de s'enfuir en désordre, repasse le pont et embusque ses hommes dans une chapelle en ruines, située près du débouché du défilé. Il ordonne d'attendre son commandement pour tirer. Les huit cents chasseurs, obligés de se présenter en masse, avec un front très étroit, perdent l'avantage de leur nombre. Au moment où ils débouchent du pont, le chef de brigade commande : *Feu!* Beaucoup de cavaliers tombent. Alors, Roger Valhubert fait battre la charge et se précipite à la tête de ses soldats. Arrêtés, bousculés, criblés de coups de baïonnette, les chasseurs sont dans une confusion complète. Affolés, ils essayent de fuir, mais il est trop tard. Des soldats de la 28ᵉ ont déjà refranchi le pont et se sont portés sur leurs derrières, fermant l'autre issue du défilé. Tout est exterminé ou pris. Une petite escorte emmène aussitôt les prisonniers.

Le chef de brigade dirige les autres fractions de la 28ᵉ

qui ont accouru, et les lance sur les avant-postes
ennemis, *qui se croyaient en* sûreté sous la protection
de leur cavalerie et sont surpris par cette soudaine
offensive. On ne devait faire qu'une fausse attaque ;
mais les Français électrisés ne s'arrêtent plus et fondent
sur tout ce qu'ils rencontrent. Leurs adversaires s'en-
fuient sans plus essayer de résister. Leur déroute est
complète. Les soldats de la 28e, emportés par leur
ardeur, les poursuivent, *la baïonnette aux reins, jusque*
dans les montagnes, au-dessus de la vallée de Saass.

XXX.

L'adjudant-major lieutenant Abadie (2 décembre 1805).

C'est à la bataille d'Austerlitz, le 2 décembre 1805, qu'Abadie, adjudant-major lieutenant du 1ᵉʳ bataillon du 36ᵉ de ligne, accomplit un acte d'héroïsme qui lui vaut de passer à l'immortalité, car M. Thiers lui a consacré les lignes suivantes dans son *Histoire du Consulat et de l'Empire* :

« Comme la brigade Thiébaut se déployait et se formait elle-même en équerre pour faire face à l'ennemi, l'adjudant (major) du 36ᵉ, Abadie, craignant que son bataillon, sous un feu de mousqueterie et de mitraille reçu à trente pas, ne fût ébranlé dans son mouvement, se saisit du drapeau, et, se plaçant lui-même en jalon,

s'écrie : « Soldats, voici votre ligne de bataille! » Le
bataillon se déploie avec un parfait aplomb. Les autres
l'imitent : la brigade prend position, et durant quelques
instants échange à demi-portée une fusillade meur-
trière. »

Dans ses *Mémoires*, le maréchal Soult raconte d'une
façon un peu différente l'action d'Abadie : « Un bataillon
du 36e régiment, dit-il, dont la direction devait être
rétablie, était à petite portée de pistolet de la ligne
ennemie qui faisait à mitraille le feu le plus vif. L'adjudant-major Abadie prit le porte-drapeau par la main et
s'établit à moitié distance ; il s'écria ensuite : « Soldats !
« voilà votre alignement! » et tous le prirent avec la
même régularité qu'à l'exercice. »

Voici enfin, encore un peu différente dans les détails,
la mention de ce fait telle qu'elle est inscrite sur la
matricule du régiment au folio d'Abadie :

« Voyant son bataillon chargé par les Russes, Abadie
prit le drapeau au moment où il fut cassé d'une balle et
abandonné par la mort de celui qui le portait, et se porta
dix pas en avant de son bataillon en criant : « Que les
« braves me suivent! »

Quelle que soit la façon dont les choses se sont exac-
tement passées, il n'en reste pas moins avéré qu'Abadie
a montré, à Austerlitz, un sang-froid et un héroïsme

Le maréchal Soult.

peu communs. Seulement il nous a paru intéressant de transcrire ici les trois principales versions de cet admirable trait, afin de montrer une fois de plus combien il est parfois difficile de connaître la façon exacte dont se passent les faits dont sont témoins même un grand nombre de personnes.

L'adjudant-major lieutenant Abadie fut tué glorieusement sur le champ de bataille d'Iéna, le 14 octobre 1806. Il était né à Lourdes, dans les Hautes-Pyrénées, le 3 janvier 1778.

XXXI.

Le capitaine-commandant Lauziers (1806-1813).

Peu d'officiers, dans le cours de leur carrière militaire, ont accompli autant de brillants faits d'armes et d'actions d'éclat que M. Lauziers, capitaine commandant le 11° bataillon du train des équipages militaires, seulement pendant sept années, de 1806 à 1813. Malheureusement, nous ne possédons au sujet des exploits de ce brave que la sèche nomenclature inscrite sur ses états de services. La voici telle quelle :

1° Le 10 octobre 1806, au combat de Saalfeld, en faisant enlever les blessés, et en rentrant à dix heures du soir, il a fait douze prisonniers prussiens avec cinq hommes d'escorte seulement.

2° Le 14 octobre 1806, à Iéna, il dirigea, pendant la nuit qui précéda la bataille, avec le plus grand zèle, les travaux pour éteindre un incendie ; il enleva lui-même les poudres et les munitions qui se trouvaient dans une maison voisine du lieu de l'incendie et où personne n'osait pénétrer.

3° Le 9 juillet 1809, au combat d'Hollabrünn, il s'empara de cent trente voitures du parc des équipages russes et autrichiens, et fit cent sept prisonniers avec un faible détachement d'escorte.

4° Le 23 janvier 1810, et le lendemain 24, il battit, avec dix-huit hommes montés de son bataillon, une bande de quarante guérillas des plus redoutés, leur tua cinq hommes, fit sept prisonniers et en blessa un grand nombre. Il a fait, à lui seul, trois prisonniers ; il a eu son cheval tué sous lui, et il a enlevé douze chevaux à la bande, qui fut mise en déroute complète.

5° Le 27 août 1810, il eut un second cheval tué sous lui, en poursuivant la bande de Thomas Principe. Il se trouvait, ce jour-là, sous les ordres du colonel commandant le 6ᵉ régiment de dragons. Il a fait prisonniers, de sa main, deux lieutenants ennemis, au moment où il allait reconnaître la bande de guérillas ; il n'était accompagné que du maître-trompette du bataillon.

6° Il a commandé plusieurs colonnes mobiles contre

les guérillas. Il parvint à détruire plusieurs bandes qui infestaient et pillaient les villages espagnols et inquiétaient l'armée française. Il mit, dans toutes ces circonstances, une conduite telle, qu'il captiva l'estime et la considération des Espagnols eux-mêmes.

7° Le 27 septembre 1813, il fut fait prisonnier au Val-de-Capel, au moment où il se disposait à prévenir les généraux français, cantonnés aux environs, de l'approche des corps de partisans commandés par Czernischeff; il s'échappa et rejoignit l'armée à travers les montagnes.

8° Il a sauvé le fort de Belair, lors de l'attaque des révoltés de Saint-Domingue, malgré les troupes de la garnison qui s'étaient insurgées et voulaient le livrer.

9° Pendant la Terreur, en France, il a combattu l'anarchie, et a fait élargir, à ses risques et périls, de nombreux détenus qu'on allait massacrer.

10° Étant chargé du service des étapes, dans la 7° division militaire, il a sacrifié toute sa fortune en signant des lettres de change pour les transports et convois. (*Moniteur* du 20 germinal an XII et arrêté du 5 du même mois.)

M. Lauziers fut retraité chef d'escadron et ensuite attaché au parc de Versailles comme professeur de mathématiques et de dessin.

XXXII.

Le capitaine Lorrain (12 mai 1807).

Au mois de mai 1807, le capitaine Lorrain, des grenadiers de la 64ᵉ, enfermé avec sa compagnie dans la
redoute de Bialloboregi, était attaqué par des forces
très supérieures, rapporte l'*Historique du 64ᵉ régiment
d'infanterie* : cerné de toutes parts, il opposait aux
Russes une résistance invincible.

Les assaillants, qui perdaient beaucoup de monde et
ne pouvaient enlever la redoute de vive force, cessèrent
leur feu sans changer de position. Enfin, le 12 mai,
outré d'éprouver une résistance aussi opiniâtre de la
part d'une poignée d'hommes et s'apercevant que le
nombre des siens diminuait constamment, le général

russe prit le parti d'envoyer un officier supérieur sommer les Français de se rendre, les menaçant de les faire passer tous à la baïonnette.

« Ton général nous prend-il pour des lâches, répondit le capitaine Lorrain à cet officier, et croit-il nous épouvanter par ses menaces?... Va lui dire que les grenadiers français n'ont jamais redouté les baïonnettes russes. »

Cette réponse fut aussitôt portée au général, qui, encore plus furieux qu'auparavant, fit de nouvelles tentatives, mais toujours en vain.

Sur la fin du jour, le 64ᵉ régiment vint reprendre position sur la ligne ; l'ennemi fut alors forcé de se retirer, laissant dans les fossés de la redoute et sur le terrain environnant un grand nombre de morts et de blessés.

Le général Suchet, ayant eu connaissance de la valeur qu'avait déployée le capitaine Lorrain, demanda et obtint pour lui la croix d'officier de la Légion d'honneur.

Ajoutons que le capitaine Lorrain est cité au 74ᵉ bulletin de la Grande Armée.

XXXIII.

Le chef d'escadron Grassons (18 juin 1809).

Comme trait d'audacieuse intrépidité, celui dont le chef d'escadron Grassons, du 4ᵉ chasseurs, fut le héros en Italie, est un des plus beaux dont le souvenir nous ait été conservé. Malheureusement, quelque intérêt qui s'y attache, les détails manquent sur ce fait d'armes, et nous ne le connaissons que par la courte mention qui en est faite en ces termes sur les états de services de ce vaillant officier :

« Le 18 juin 1809, cent cinquante Anglais étaient débarqués à Palmi, royaume de Naples ; le chef d'escadron Grassons fut chargé par le général de Parthonneaux de les enlever. En effet, après une marche de trente milles, il les surprit à la pointe du jour, tailla en pièces un capitaine et vingt-deux hommes qui restèrent sur la place, et fit prisonniers le commandant, quatre officiers et quatre-vingt-sept sous-officiers et soldats du 21e. Il fut blessé d'un coup de feu au bras droit pendant l'affaire. »

X XXIV.

Le lieutenant Poincenet à Girone (18 septembre 1809)

Pendant le siège de Girone, en Espagne, qui dura du milieu de juin au 11 décembre 1809, le plus grand héroïsme fut déployé de part et d'autre, aussi bien par les Espagnols, assiégés et commandés par le brave et énergique général Alvarez, que par les Français. Ceux-ci d'ailleurs, pendant ce siège mémorable qui dura six mois, perdirent quinze mille hommes par le feu de l'ennemi et par les fièvres.

Lorsque, le 11 décembre, la vaillante garnison et l'héroïque Alvarez furent sortis de la place, après avoir déposé sur les glacis les armes et huit drapeaux, l'aspect de Girone était navrant : des quartiers entiers étaient

8

détruits par le bombardement, et les rues étaient partout obstruées par des monceaux d'immondices et de cadavres : 11,910 bombes, 7,998 obus et 80,000 boulets avaient été lancés sur cette malheureuse ville.

Pendant ce long siège, plusieurs assauts furent donnés à la place ; mais, chaque fois, ils étaient repoussés avec le plus grand courage. A celui du 18 septembre 1809, le lieutenant Poincenet, du 16ᵉ de ligne, montra la plus éclatante valeur.

Monté à la brèche sous une pluie de balles et de mitraille et suivi seulement de quelques hommes, il se mit à la parcourir avec le plus grand sang-froid et à faire le coup de feu, en attendant que la colonne d'attaque pût le rejoindre. « Mais, comme en ce moment son intrépidité demeurait sans imitateurs et qu'il craignait de ne pas être aperçu de ses frères d'armes, il se dirigea rapidement sur un autre point et monta à une seconde brèche, dominant une caserne sur laquelle il se mit à lancer des pierres. »

A cette vue, tous les soldats de la colonne d'attaque applaudirent : enlevés par ce trait d'audace, ils se précipitèrent sur les traces de l'héroïque lieutenant, et se trouvèrent bientôt nombreux à ses côtés pour affronter comme lui le feu des Espagnols.

XXXV.

Le sous-lieutenant Ménard (6 mars 1811).

Contenir l'armée régulière de l'ennemi et lutter contre les bandes de guérillas, telle était encore, en 1811, la tâche de notre 4e corps d'armée dans le royaume de Murcie, en Espagne. Le 5e dragons, qui en faisait partie, concourut avec ardeur à l'accomplissement de cette tâche et se signala par de brillants faits d'armes. Le suivant, dont le sous-lieutenant Ménard fut le héros, donnera une idée des prouesses que ces vaillants cavaliers avaient chaque jour à accomplir.

Le sous-lieutenant Ménard, parti le 6 mars pour faire une reconnaissance avec vingt-cinq dragons à cheval, rencontra deux escadrons espagnols derrière une montagne à pic.

Dès que les Espagnols aperçoivent le sous-lieutenant Ménard et ses quelques cavaliers, le plus rapproché des deux escadrons cherche à attaquer en flanc le petit détachement français; le sous-lieutenant Ménard ne lui en laisse pas le temps : il le charge avec ses vingt-cinq hommes et le met en déroute.

Le 2ᵉ escadron survient alors au secours du 1ᵉʳ. Se faire jour à travers les rangs de ce nouvel ennemi et s'ouvrir un passage sanglant n'est pour nos braves que l'affaire d'un instant. Mais, dans ce dernier engagement, quelques dragons sont restés entre les mains des cavaliers espagnols. Le sous-lieutenant Ménard peut-il laisser quelques-uns des siens prisonniers, alors qu'il lui reste encore dix hommes?... Il ne le pense pas, et, sans calculer la disproportion des forces, avec ses dix dragons — dix héros comme lui — il charge avec impétuosité les débris des deux escadrons espagnols qui avaient eu le temps de se rallier autour de leurs prisonniers. Le maréchal des logis chef Rémy, le brigadier Hauth et un autre dragon l'aident vaillamment; tous font des prodiges de valeur, tant et si bien, que l'on parvient à reprendre aux Espagnols trois brigadiers et un grenadier dangereusement blessé, qui était demeuré sur le champ de bataille.

Quant aux Espagnols, outre leurs morts, qui furent

Le sous-lieutenant Ménard.

nombreux, ils eurent dans cette affaire plus de vingt blessés, parmi lesquels le major commandant les deux escadrons et un autre officier.

Lorsqu'eut lieu ce glorieux combat de cavalerie, le sous-lieutenant Ménard était déjà depuis quatre ans chevalier de la Légion d'honneur; il fut, à la suite de ce fait d'armes, proposé pour la croix d'officier dans les termes suivants :

« *M. Ménard est un brave de tous les jours* ; sa brillante conduite dans cette affaire mérite entre autres les plus grands éloges et le rend digne de la récompense sollicitée pour lui. »

Quant au brigadier Hauth, il reçut un sabre d'honneur.

XXXVI.

Le 18e de ligne en Russie (novembre et décembre 1812).

Au moment le plus terrible de la retraite de Russie, le 30 octobre, raconte le général Pelleport, qui commandait alors une brigade dont faisait partie le 18e de ligne, « l'armée abandonna des fourgons et des voitures de toute espèce dont les attelages, exténués par la faim et les difficultés de la route couverte de verglas, ne pouvaient plus avancer. Arrivé au bivouac, je fis ouvrir les caissons du régiment pour que les officiers disposassent de leurs effets comme ils l'entendraient. Je fis compter la caisse militaire ; elle renfermait 120,000 fr. en or. J'en fis plusieurs parts. Chacun des officiers, sous-officiers et soldats, reçut une petite somme en promettant

de ne pas abandonner ce dépôt confié à son honneur et
de le remettre à un camarade, s'il venait à succomber.
Grâce aux soins du capitaine Berchet, payeur du 18e,
grâce à l'honnêteté de mes braves camarades, les
120,000 fr. furent remis en caisse après la campagne. Je
ne sais si beaucoup de régiments furent aussi heureux
que le 18e de ligne. Dans tous les cas, je m'honorerai
toujours d'avoir commandé à des hommes capables de
tels actes d'héroïsme.... »

XXXVII.

Deux officiers du 59e en Espagne (1812 et 1813).

En 1812, le 28 février, au pont de Palavios, Mathieu, sous-lieutenant de grenadiers, fit preuve d'un grand dévouement et d'un grand courage. Il commandait un détachement de trente grenadiers lorsqu'il fut attaqué par soixante fantassins et trois cents cavaliers espagnols. Après une vive défense dans laquelle il eut la moitié de son détachement tuée ou blessée, et où il reçut lui-même deux coups de feu, il prit le pont de vive force, après avoir fait éprouver de grandes pertes à l'ennemi, au pouvoir duquel il ne laissait pas un seul prisonnier....

Le 4 septembre (de la même année), le lieutenant

Drumel, avec un détachement de quarante-deux hommes, défend pendant quarante jours le fort de Mindigoria, dans la Navarre. Sans canon, livré à ses propres forces, dans un poste où les fortifications étaient en ruines, il résista énergiquement aux attaques de l'ennemi, qui se vit forcé d'abandonner son entreprise. Cette vaillante défense valut à Drumel la croix de la Légion d'honneur.

Ce même officier, devenu capitaine, se fit également remarquer, le 10 novembre 1813, à l'affaire de la Sarre, dans les Pyrénées. Il sortit de la redoute Louis XIV à la tête de sa compagnie, tint longtemps en échec plus de six cents tirailleurs, soutenus par une colonne de dix mille hommes. Après des efforts inouïs, il avait vu tomber à ses côtés trente de ses soldats et perdu son lieutenant et son sous-lieutenant, lorsque lui-même fut grièvement blessé.

Le sergent-major Thomas, le voyant hors d'état de combattre, lui offrit de prendre le commandement pendant qu'il irait se faire panser.

— Non, répondit Drumel, je reste avec vous; je ne puis vous laisser sans officier.

Un instant après, il fut remplacé par le lieutenant David, qui fut tué presque en arrivant. (*Historique du 59ᵉ d'infanterie*, par M. Boutié, capitaine adjudant-major. — J. Galy, à Pamiers.)

XXXVIII.

Le capitaine Guilhem (21 mai 1813).

A la suite de la malheureuse expédition de Russie,
une coalition formidable s'était formée contre Napoléon Ier. La Russie, l'Angleterre, la Prusse et la Suède
s'étaient alliées pour chasser les Français de tout le territoire allemand. L'Autriche elle-même faisait secrète-
ment partie de cette coalition. En ce moment critique, la
Saxe seule demeura fidèle à l'empereur.

Napoléon pourtant n'a pas un instant d'hésitation. « Il
pousse hardiment 200,000 hommes sur l'Elbe, dit
M. A. Constantin, réclame les contingents allemands,
demande 40,000 hommes à l'Autriche. Mais l'Allemagne
est sourdement hostile ; et même quand il a remporté

Bataille de Lutzen.

sur Wittgenstein, Blücher et York, la victoire de Lutzen (2 mai 1813), occupé Dresde, vaincu encore les Russes à Bautzen, bataille de quatre jours livrée du 19 au 22 mai, à Weissig, Bautzen, Wurtchen, Hochkirchen, il ne trouve chez l'Autriche qu'hésitation perfide. »

Dans chacune de ces batailles, l'armée française, luttant contre un ennemi toujours supérieur en nombre, fut constamment héroïque. A Bautzen, le 21 mai, le village de Pleititz fut successivement pris et repris par les Français et les coalisés : il demeura finalement en notre possession, grâce au dévouement et à l'énergie de nos soldats.

Pendant la dernière attaque de Pleititz, celle qui fit définitivement tomber en nos mains cette position qui mettait à découvert le flanc droit de Blücher, on avait vu un capitaine du 142e régiment de ligne, le capitaine Guilhem, à la tête de sa compagnie, bien réduite déjà, s'emparer d'un mamelon défendu par cent quarante Cosaques et trois pièces de canon. La témérité et l'entrain de nos soldats avaient épouvanté les défenseurs de la position, et le capitaine, entré dans les retranchements ennemis, avait fait vingt-cinq prisonniers.

XXXIX.

L'adjudant-major Pradet-Ballade (19 octobre 1813).

Le soir de la sanglante bataille de Leipzig (18 octobre 1813), où quarante mille Français et soixante mille alliés avaient été tués ou blessés, l'empereur ordonna la retraite sur Erfurth. Celle-ci commença dans la nuit. Mais le 6e bataillon du 122e de ligne, compris parmi les troupes chargées de protéger la retraite, était resté dans ses positions à Connewitz, où il avait été oublié. Le 19 octobre, le chef de bataillon Duboy, qui le commandait, fit demander des ordres.

« M. Pradet-Ballade, adjudant-major au 6e bataillon du 122e, rapportait au bataillon, qui, malgré le mouvement de l'armée, occupait encore le pont de Connewitz,

des ordres qu'il avait été prendre à Leipzig, lorsqu'à une
portée de canon des portes il trouva la route occupée
par l'ennemi, qui avait déjà répandu dans la plaine une
nuée de tirailleurs. Ne considérant que le danger que
courait le bataillon, s'il ne rejoignait de suite l'armée,
il se jeta au milieu des tirailleurs ennemis, et, malgré
une grêle de balles, traversa leurs lignes au galop,
en culbutant ou sabrant tous ceux qui s'opposaient à
son passage. Il arriva au corps et transmit ses ordres
assez à temps pour que le bataillon pût opérer sa retraite
sur Leipzig quelques instants avant l'arrivée de l'armée
ennemie. » *(Archives du ministère de la guerre.)*

XL.

Le colonel Gheneser (1792-1814).

Dans ses *Mémoires*, le maréchal Marmont cite le
colonel Gheneser comme l'officier le plus brave de
l'armée française. Le relevé de ses états de services donnera une idée de la bravoure incroyable de ce héros de
l'ère républicaine et impériale, qui, le 30 mars 1814,
sauva la vie à l'illustre maréchal, qui lui adressa le
remarquable éloge que l'on vient de voir.

Chasseur du Roussillon en 1787, Gheneser devint
sergent au 16ᵉ léger à sa formation. Il fut nommé
lieutenant et capitaine sur le champ de bataille pour
actions d'éclat, puis chef de bataillon en 1811. Il fit
toutes les campagnes de la Révolution et de l'Empire
avec le régiment et fut promu colonel en 1814.

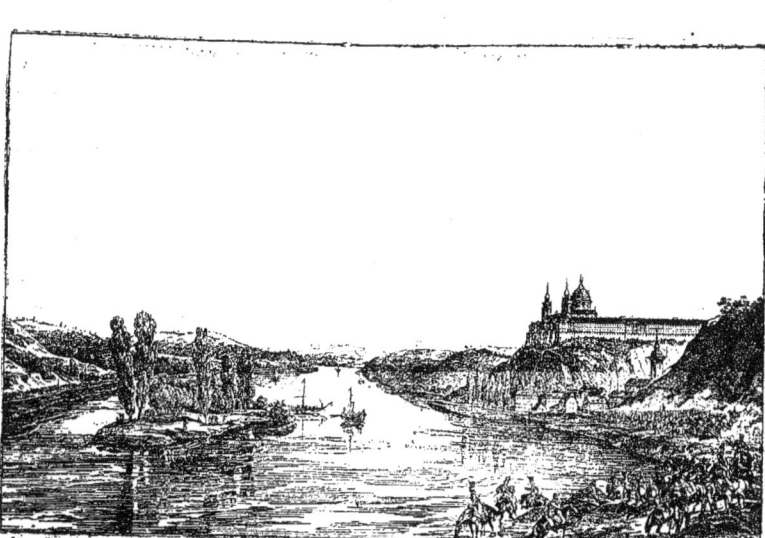

Le colonel Gheneser.

Il était lieutenant, commandant une compagnie de carabiniers sur le Rhin, en juin 1796, lorsqu'il fut cerné avec sa compagnie par un ennemi bien supérieur en nombre ; il ne lui restait pour opérer sa retraite qu'un sentier très étroit.

Voyant sa troupe intimidée et prête à déposer les armes, il tombe à coups de sabre sur le poste qui gardait le sentier, tue deux hommes, désarme les autres et rend ainsi le courage à ses carabiniers.

En 1799, il défendait le fort de Serravalle, près de Turin, avec cent soixante-cinq hommes de la 16ᵉ. Pendant le siège, il s'élance sur le toit enflammé d'un magasin à poudre et parvient, au milieu des bombes et des boulets, à retarder les progrès de l'incendie assez longtemps pour évacuer les munitions.

Le 24 décembre 1806, le capitaine Gheneser fut chargé de trouver un endroit guéable près de Kursomb, en Pologne. Après avoir inutilement cherché un gué, Gheneser, apercevant sur l'autre rive une barque et des matériaux pouvant être utilisés pour le rétablissement du pont, se précipita dans la rivière, suivi d'un voltigeur. Celui-ci allait périr, entraîné par le courant, lorsque le capitaine se porta à son secours et parvint à le sauver. Ces deux braves réussirent à franchir l'Ukra, et ramenèrent la barque, malgré le feu de l'ennemi.

Avec les matériaux qu'elle contenait, une passerelle fut jetée sur les piles du pont, et la compagnie Gheneser passa sur l'autre rive, d'où elle délogea l'ennemi.

Le 2 décembre 1808, devant Madrid, il s'empara de trois canons.

Le 3 novembre 1811, à l'affaire de Bornos, il soutint avec son bataillon les efforts de l'ennemi qui tentait de tourner la gauche du régiment, et, par son intrépidité, fit reculer les Espagnols.

XLI.

Quatre faits d'armes du capitaine Kénor (février 1814).

Dès le commencement de 1814 la France se trouva, comme vingt ans auparavant, dans l'obligation de repousser l'invasion étrangère. Seulement, hélas! la situation n'était plus la même qu'au début de l'époque révolutionnaire. Les guerres continuelles de Napoléon avaient usé une telle quantité d'hommes, que l'effectif de notre armée allait se trouver très notablement inférieur à celui des troupes de la coalition : 120,000 de nos soldats demeuraient inutiles dans les places de l'Oder et de la Vistule, où ils étaient assiégés, et Napoléon n'avait que 60,000 hommes à opposer aux 300,000 qui franchissaient nos frontières, partagés en

deux grandes armées, celle de Silésie, sous Blücher, et
celle de Bohême, sous Schwartzenberg, tandis que
160,000 Anglo-Espagnols traversaient les Pyrénées , que
80,000 Autrichiens s'approchaient des Alpes, et que
80,000 Suédois, Prussiens, etc., menaçaient la Belgique.

Dans cette situation critique, l'empereur tarda trop
longtemps à proclamer la levée en masse ; il se fia trop
au début à ses talents militaires, qui, il est vrai, bril-
lèrent plus que jamais dans cette immortelle campagne
de France, où, en un mois, il livra quatorze batailles,
remporta douze victoires, et défendit les approches de
sa capitale contre trois grandes armées ennemies. Il
succomba cependant sous le nombre et dut prendre le
chemin de l'île d'Elbe, après avoir signé son abdication
à Fontainebleau.

Pendant cette terrible campagne de France où la
lutte ne put être soutenue que parce que officiers et
soldats rivalisèrent d'héroïsme , un officier du 122ᵉ d'infanterie, le capitaine Kénor, se signala plusieurs fois
par des faits d'armes et des traits d'audace véritablement remarquables.

Le 11 février, Nogent-sur-Marne était attaqué par les
têtes de colonne de l'armée de Bohême. La compagnie
du capitaine Kénor, chargée de défendre le pont, rece-

vait depuis un certain temps les boulets de deux pièces de canon qui ne cessaient de tirer sur elle. Dans l'espoir de déloger plus vite les défenseurs du pont, l'ennemi rapprocha ses pièces et tira à mitraille. « Alors, animé par la bravoure et l'honneur, le capitaine Kénor, voyant que sa compagnie allait être détruite, se fit suivre de deux sergents, quatre caporaux et cinq soldats de bonne volonté, en leur défendant de tirer sans ordre ; il ne fit faire feu qu'à vingt pas de l'ennemi, qui essuya une telle perte, qu'il fut forcé de prendre la fuite. » *(Archives administratives, au ministère de la guerre.)*

Trois jours plus tard, le 14, le 3ᵉ bataillon, auquel appartenait le capitaine Kénor, bivouaquait près de Nangis avec l'arrière-garde dont il faisait partie. Là encore, cet héroïque officier se distingua pour la seconde fois. « Placé en embuscade avec deux compagnies dans un bois en avant de Nangis, il devait faire feu sur la cavalerie. L'armée française ayant battu en retraite à deux heures du matin, il se vit devancé par la cavalerie ennemie, qui se battait avec l'arrière-garde de notre armée. Il forma ses deux compagnies en colonne et eut soin de détacher des tirailleurs à droite et à gauche pour protéger sa retraite, qu'il effectua heureusement. Malgré les manœuvres et les ordres réitérés de se rendre à la cavalerie ennemie, il parvint à rejoindre sa division contre toute espérance, puisque le rapport était déjà fait au général qu'il était pris avec ses deux compagnies. » *(Archives administratives.)*

Le 18 février, au combat de Montereau, le capitaine Kénor se signale de nouveau.

« Envoyé avec des tirailleurs dans la plaine, il s'y battit depuis quatre heures après midi jusqu'à dix heures du soir : il eut ensuite l'ordre de s'emparer du village de Grand-Fossard, qui est à une lieue de la ville ; il forma sa compagnie en colonne, sur la grand'-route, fit battre la charge, fut à l'ennemi beaucoup plus nombreux que lui et le chassa du village. Le lendemain, l'empereur, visitant le champ de bataille, fit appeler trois fois le capitaine pour lui faire des éloges, le nommant à plusieurs reprises : *Brave capitaine.* » *(Archives administratives.)*

Enfin, nous retrouvons encore le capitaine Kénor à la bataille de Bar-sur-Aube le 27 février. Le 3e bataillon du 122e occupait la ville : il eut à combattre toute la journée, et le capitaine Kénor se distingua d'une manière éclatante pour la quatrième fois en quinze jours. « Il enfonça seul, le sabre à la main, dans l'infanterie ennemie, fît quatorze prisonniers, et, non content de cela, attaqua, toujours seul, un peloton de seize hommes, où il reçut dix coups de baïonnette. »

XLII.

L'amiral Jacob (1786-1814).

Malgré toutes ses héroïques prouesses, l'amiral Jacob, mort depuis moins de cinquante ans, était déjà devenu un de ces oubliés dont nous parlions au commencement de ce volume, lorsque la statue qui lui a été érigée le dimanche 16 août 1891 à Livry (Seine-et-Oise) a remis en lumière cette grande, rude et belle figure du glorieux marin qui s'illustra sous la première République et sous l'Empire. Et cependant sa vie entière est digne d'être transmise à la postérité. Chacun de ses grades fut la récompense d'une ou de plusieurs actions d'éclat, et il n'a jamais cessé de donner l'exemple de toutes les vertus.

Louis-Léon Jacob était né le 11 novembre 1768 à Tonnay-Charente, auprès de Rochefort, dans le département de la Charente-Inférieure. A dix-huit ans, en 1786, il s'engagea dans la marine royale.

Six ans durant, nous dit un de ses biographes, il sillonne les mers, guerroyant un peu partout, des Antilles aux Indes orientales, et en 1793 il est nommé aspirant de 1ʳᵉ classe ; puis un peu plus tard, après avoir capturé trois corvettes ennemies, enseigne de vaisseau. Enfin, à vingt-six ans, il est embarqué sur le *Ça ira* en qualité de lieutenant en pied.

C'est sur ce vaisseau qu'il prend part aux terribles combats des 13 et 14 mars 1795. Son chef immédiat, le capitaine Condé, ayant été tué par un boulet, il prend le commandement et continue la lutte contre Nelson, le célèbre amiral anglais. Après le combat, son vaisseau est haché par la mitraille, et il ne reste autour de lui qu'une poignée de marins.

Un peu plus tard, comme commandant de la *Bellone*, il soutient victorieusement trois combats contre la flotte de l'amiral sir John Warren.

En 1804, il prend deux bricks anglais ; en 1807, après avoir exercé le commandement de la marine à Granville, puis à Naples, il prend part, le 24 février 1807, sur la frégate *Calypso*, au glorieux combat des Sables-d'Olonne, contre la division du contre-amiral Stopford.

Enfin, nommé au commandement en chef de la première escadre, qu'il parvint à réunir rapidement devant l'île d'Aix, il enlève, le 27 décembre 1811, après un combat acharné, cinq péniches de l'escadre anglaise.

Cerné devant Blaye par des forces supérieures, il met le feu à trois de ses vaisseaux pour les ravir à l'ennemi, puis, ayant réussi à débarquer ses équipages, il les dirige sur Rochefort.

En 1814, lorsque la France avait à subir de nouveau l'invasion étrangère et que Napoléon, après avoir inutilement dépensé des prodiges d'activité et de génie dans la campagne de France, se trouvait contraint d'abdiquer à Fontainebleau, l'amiral Jacob était préfet maritime à Rochefort.

Le duc d'Angoulême, qui s'avançait alors avec l'armée anglaise dans le midi de la France, avait déjà effectué son entrée à Bordeaux, qui avait ouvert ses portes au prince de la famille des Bourbons et à l'étranger. Mais ce succès ne leur suffisait pas ; lord Beresford, le général anglais, tenait à s'emparer du port militaire voisin dont l'escadre pouvait à chaque instant inquiéter l'entrée de la Gironde.

Dans cette intention, à la tête de quarante mille

Anglais, lord Beresford et le duc d'Angoulême se mettent en marche sur Rochefort. « Ils font annoncer leur arrivée et demandent que les portes de la ville leur soient ouvertes, comme l'avaient été celles de Bordeaux. Le duc crut même devoir envoyer un message au conseil de défense de Rochefort, en le suppliant d'épargner à la cité les horreurs d'un siège.

« Après avoir lu le message du duc, quelques-uns des membres du conseil hésitaient et paraissaient prêts à accéder à sa demande. C'est alors que l'amiral Jacob prit la parole :

« — Les horreurs de mille sièges, s'écria-t-il, la ruine, la mort, tout plutôt que la honte d'une capitulation !

« Puis il ajouta :

« — Vous savez tous ici que je suis du pays ; ma mère et ma sœur habitent encore à quelques lieues de la ville : eh bien ! je vous jure — et je n'ai jamais manqué ni à un serment ni à une parole donnée — que si, par suite de coupables menées, les habits rouges entraient dans Rochefort, les canons de nos vaisseaux vomiraient le feu sur eux, sur vous ; je les poursuivrais jusque dans vos maisons !

« Comme l'amiral était homme à tenir sa promesse, la ville ne fut pas rendue, et c'est ainsi que, grâce à ce

rude marin, Rochefort fut préservée de la honte de
l'occupation ennemie et que son arsenal resta sauf.

« Aux Cent-Jours, l'amiral fut nommé préfet maritime
de Toulon. En 1834, il fut ministre de la marine. Plus
tard, il se retira dans l'abbaye de Mme de Sévigné, sa pro-
priété, à Livry, où il est mort le 14 mars 1854, après
avoir légué à cette commune une somme de 100,000 fr.
destinée à la construction et à l'entretien d'un groupe
scolaire pour les enfants pauvres. »

C'est devant ce groupe scolaire, institué et fondé par
l'héroïque et généreux marin, que se dresse maintenant
sa statue, œuvre du sculpteur Lefeuvre. L'amiral est
représenté déchirant, dans un fier mouvement d'indi-
gnation, le message du duc d'Angoulême. Sur le pié-
destal, où un projet de bas-relief est dessiné, est gravée
cette simple inscription :

A L'AMIRAL JACOB.
1768-1854.

Puis sur la face postérieure le millésime 1891, indiquant
l'année où sa statue a été inaugurée.

« N'est-ce pas une carrière noblement remplie que
celle de ce vaillant marin ? disait avec raison, le jour
de l'inauguration de la statue, M. le capitaine de frégate
Berryer, qui représentait le ministre de la marine à cette

patriotique solennité. N'est-ce pas une vie noblement finie que celle de ce philanthrope dont vous avez pu apprécier toute la touchante sollicitude pour les humbles auxquels il veut distribuer le bienfait par excellence, l'instruction ? »

———

XLIII.

Le colonel Cubières (16 et 18 juin 1815).

Jamais, dans aucun temps, il ne fut dépensé plus d'héroïsme par l'armée française que dans les fatales journées des 16, 17 et 18 juin 1815. Nos soldats comprenaient que de leur énergie et de leur résistance à un ennemi bien supérieur en nombre dépendaient encore une fois le sort de la France et l'intégrité du territoire national. Cependant, à Waterloo, comme dans maintes autres mémorables batailles, le nombre finit par avoir raison de l'héroïsme et de la valeur. Malgré tout son génie, malgré la farouche et admirable résistance de sa petite armée, Napoléon fut définitivement vaincu ; nos soldats furent écrasés par la masse sans cesse renou-

10

velée de leurs adversaires, mais non point sans avoir mérité l'admiration de leurs vainqueurs ; et leur honneur demeura sauf.

Waterloo !... Ce nom tragique évoque aussitôt le souvenir du maréchal Ney et de la vieille garde se faisant jusqu'à la fin décimer par la mitraille plutôt que de se rendre. Eh bien ! à côté de ces braves devenus légendaires, l'un des plus brillants et admirables héros de ces sanglantes journées fut le jeune colonel du 1er léger, Cubières — il n'avait alors que vingt-cinq ans — dont le nom est aujourd'hui bien peu connu. Par deux fois il se signala par une intrépidité et un héroïsme peu ordinaires.

Le 16 juin, le régiment qu'il commandait faisait partie de la colonne d'attaque des Quatre-Bras. Comme il arrivait devant le bois de Bossu, occupé par l'ennemi qu'il s'agissait d'en déloger, Cubières se retourna vers les braves de son régiment, et, s'adressant à ses vieux chasseurs dont plusieurs avaient été prisonniers en Angleterre :

« Camarades, leur dit-il, voilà les Anglais. Souvenez-vous des pontons, et en avant ! »

Et il s'élança à leur tête.

En un clin d'œil, huit cents Anglo-Belges furent culbutés. Quant au vaillant colonel, il reçut cinq coups de

Le colonel Cubières.

sabre, qui ne l'empêchèrent point, comme nous l'allons voir, de prendre vaillamment part aux combats du sur-lendemain.

Ce jour-là, le 18 juin, à Waterloo, le 1ᵉʳ léger, déployé à l'extrême gauche de notre armée, parvint en face de la ferme et du château d'Hougoumont, occupé par les gardes anglaises qui, parfaitement abritées, se mirent aussitôt à fusiller à bout portant les arrivants.

Malgré la mitraille que les batteries ennemies ne cessaient de faire pleuvoir du mont Saint-Jean sur l'espace découvert qu'il s'agissait de parcourir encore pour aborder le château, quelques compagnies, précédées de sapeurs, s'élancèrent résolument du côté de la porte principale, dans l'intention d'ouvrir le passage à leurs camarades. Quelques-uns de ces braves purent arriver jusqu'à cette porte, et, à leur tête, le sous-lieutenant Legros, qui la brisa à coups de hache et pénétra dans la cour. Cet intrépide sous-lieutenant avait, dans les campagnes précédentes, mérité le surnom de l'*Enfonceur*, à la suite de plusieurs exploits du même genre qu'il avait accomplis en diverses circonstances avec un rare bonheur. Le brave Legros fut moins heureux à Hougoumont ; la porte une fois brisée, il pénétra bien dans la cour intérieure, mais il y fut tué avec tous ceux qui l'avaient suivi.

Mais revenons au colonel Cubières. Dès que la porte avait été enfoncée, l'intrépide colonel s'était précipité à la suite de son héroïque avant-garde et allait infailliblement subir le même sort que le sous-lieutenant Legros, lorsque son cheval fut atteint d'une balle et s'abattit en lui faisant un rempart de son corps. Cubières, renversé sous son cheval, ne dut la vie qu'à cette bizarre et heureuse circonstance.

A ce moment, en effet, raconte M. le capitaine du Fresnel, « les Anglais, par une sortie en masse, nous obligèrent à la retraite ; ils passèrent près de Cubières et le crurent mort. Ils étaient rentrés dans le château quand Cubières se releva. Devant ce jeune colonel couvert de blessures, les Anglais, saisis d'admiration, levèrent les canons en l'air. Alors Cubières leur fit face, les salua et retourna tranquillement rejoindre son régiment. *L'état-major et les troupes anglaises battirent des mains*, raconte le général sir Charles Doyle, présent à cette affaire »

XLIV.

Le général Dellard (1792-1832).

La vie du général Dellard (1), auquel Napoléon Ier conféra le titre de baron de l'Empire, est celle d'un de ces héros dont les actes illustrent l'histoire de la fin du siècle dernier et du commencement du nôtre.

---

(1) Tout récemment, au mois de décembre 1891, la belle-fille du héros des guerres de la Révolution et de l'Empire, personne âgée et des plus respectables, a été odieusement assassinée en son domicile, boulevard du Temple, à Paris, par un misérable dont elle était la bienfaitrice. C'est à l'occasion de ce tragique événement qu'ont été publiés tous les détails biographiques relatifs au baron Dellard, qui font l'objet du présent chapitre.

Jean-Pierre Dellard, né le 8 avril 1774 à Cahors (département du Lot), partit comme volontaire, en 1792, dans une compagnie franche de son département. Nommé lieutenant au 23e bataillon de volontaires, nous dit l'un de ses biographes, il passa, avec son corps, au moment de l'amalgame avec les troupes de ligne, à la 36e demi-brigade. Après avoir fait les campagnes de 1792 et de 1793 aux armées de Hollande et du Nord, il tomba au pouvoir des Autrichiens, le 3 prairial de l'an II, au combat de Templeuve, près de Tournai.

Après deux ans de captivité, il fut échangé et rejoignit, à l'armée de Sambre-et-Meuse, son régiment, où il fut nommé adjudant-major. Passé à l'armée d'Helvétie, il s'y fit remarquer par sa brillante valeur pendant l'héroïque défense des défilés du Saint-Gothard par Lecourbe, contre le corps de Souwaroff, notamment aux combats d'Intielden et du Pont-du-Diable. La veille de la bataille de Zurich, il accomplit un de ces actes de bravoure qui semblent à notre génération du domaine du roman plutôt que de l'histoire. Il était chargé par le général Soult de franchir à la nage la Limmat, dont les eaux profondes et torrentueuses couvraient les avant-postes de l'armée autrichienne.

Il choisit lui-même deux cents hommes d'élite, armés de piques, de sabres et de pistolets, et, avant de tenter

le passage, leur adressa la courte harangue suivante,
qui peut passer pour un chef-d'œuvre du genre pra-
tique :

« Vous allez vous couvrir de gloire en portant dans
un instant l'épouvante et la mort dans les rangs ennemis ;
vous ne pouvez pas faire de prisonniers ; égorgez donc
tout ce que vous rencontrerez. Marchez réunis, suivez
mes traces en silence. Vaincre ou mourir, tel est notre
mot d'ordre. Je vous rallierai sur la rive droite par un
coup de sifflet. »

Il dit, se met à l'eau, suivi de ses deux cents gail-
lards, qui nageaient d'une main, tenant de l'autre leurs
armes à feu et leurs gibernes élevées hors de l'eau.

La rivière est franchie de la sorte sous le feu de l'ennemi, et les avant-postes autrichiens sont massacrés
selon le programme tracé. Dellard tue de sa main le
général autrichien Hotze, et, repoussant tout retour
offensif, assure, avec sa poignée de diables-à-quatre,
le passage de l'armée française et la victoire qui allait
sauver la République.

Au cours de la bataille du lendemain, Dellard fit, aidé
de son seul soldat d'ordonnance, mettre bas les armes à
cinquante Autrichiens terrifiés. Chose à peine croyable,
le grade de chef de bataillon, qui lui avait été conféré
par Masséna en récompense de ces actions d'éclat, ne

lui fut pas confirmé. Il dut le gagner à nouveau sur le champ de bataille, le 12 floréal suivant, par sa belle conduite à la prise du fort Hoentwill.

Dellard continua sa carrière avec la même intrépidite à l'armée du Rhin. Nommé, en 1807, colonel du 16e léger, il fit avec ce beau régiment les campagnes de 1806 et 1807 en Prusse et en Pologne, 1808, 1809 et 1810 en Espagne. Surpris, au cours d'une reconnaissance qu'il faisait avec quatre voltigeurs sur les hauteurs de Ximena, par deux cents Espagnols, il les mit en fuite.

Après avoir pris part à la campagne de Russie, il fut nommé baron de l'Empire et général de brigade en 1813.

Il conserva son grade sous la Restauration, bien qu'il eût défendu Valenciennes contre les alliés pendant les Cent-Jours, fut nommé chevalier de Saint-Louis, et mourut le 7 juillet 1832 à Bourg (département de l'Ain), où il commandait la subdivision.

XLV.

Le commandant Morand (décembre 1852).

Pendant toute la durée de l'expédition de Laghouat, en 1852, le 2ᵉ de zouaves se signala par l'intrépidité et l'audace qu'il montra à diverses reprises dans la lutte pénible et disproportionnée que nous dûmes, à cette époque, soutenir contre les Kabyles, les rois jusqu'alors invaincus du désert. A la prise de Laghouat notamment, au commencement de décembre, place que l'on emporta de vive lutte en donnant l'assaut, ce valeureux régiment se couvrit de gloire. « Le régiment entier a montré un tel courage, disait le lieutenant-colonel Cler dans son rapport, qu'en rappelant les noms de ceux qui se sont distingués, on ne peut qu'en oublier. »

Mais, à Laghouat, les pertes du 2ᵉ de zouaves furent nombreuses et cruelles. Ce fut là que périt le commandant Morand, l'un des plus brillants officiers de notre armée d'Afrique, après avoir vu son frère, alors lieutenant, blessé à côté de lui.

« Le commandant Morand, lisons-nous dans l'*Histoire du 2ᵉ régiment de zouaves* rédigée par M. le sous-lieutenant Gueydon de Dives, fils du comte Morand, l'un des trois fameux divisionnaires du maréchal Davoust, avait assisté comme soldat, en 1830, à la prise d'Alger; l'année suivante, il était sous-lieutenant dans le corps des zouaves : en 1852 c'était donc le plus ancien zouave des trois nouveaux régiments. Intrépide et entreprenant, il avait proposé, après la prise du marabout (de Sidi-Aïssa, l'une des positions les plus fortes en avant de Laghouat), d'enlever les tours avec trois cents hommes ; une fois dans la place, on reconnut que le projet eût certainement réussi. Avant cette attaque, il disait à ses soldats : « Marchez droit sur l'ennemi sans répondre à « son feu et sans vous arrêter pour secourir les blessés ; « surtout, souvenez-vous que si je tombe, je vous « défends de me relever. »

« Pour l'assaut, il demande l'autorisation de porter un paletot gris qui devait le faire remarquer de ses soldats et de l'ennemi. Au moment de franchir la brèche.

sur laquelle son corps devait reposer quelques jours
après, il sonna lui-même la marche des zouaves avec
un petit cornet qu'il avait l'habitude de porter au combat.
Blessé mortellement en abordant par la gauche la casbah
de Ben-Salem, il fut rapporté au camp par ses zouaves ;
en passant devant le front de deux compagnies d'élite
du 50ᵉ, il les vit lui rendre les honneurs. « Voltigeurs
« du 50ᵉ, leur dit-il avec tristesse, je vous remercie et
« vous souhaite à tous plus de bonheur que moi, car
« je termine le dernier jour de ma vie de soldat. » Il
croyait alors survivre à l'amputation ; mais le 9 décembre
il succomba des suites de ses blessures et fut enterré
par son régiment sur la brèche de Laghouat. Un des
forts de Laghouat porte aujourd'hui son nom. »

XLVI.

Le sous-lieutenant Gigot (14 août 1854).

Peu de temps après sa formation, le 12e bataillon de chasseurs à pied, lisons-nous dans l'*Historique* de ces soldats d'élite (1), était désigné pour faire partie du corps expéditionnaire de la Baltique et s'embarquait au mois de juillet 1854 sur des vaisseaux anglais, qui le transportèrent dans l'île d'Aland, devant Bomarsund. A partir du 4 août, date de son débarquement, il prend une part active à l'investissement et aux travaux d'attaque de cette forteresse. Il protège l'ouverture de la tranchée, résiste aux sorties de l'ennemi, pousse d'au-

---

(1) Librairie militaire de L. Baudoin et Cie.

dacieuses reconnaissances jusque sous les murs de la place, et s'empare de la tour du Sud par un brillant fait d'armes que nous allons raconter.

Le 14 août, au matin, le capitaine Ceccaldi, se trouvant à la tranchée avec sa compagnie, remarque que la tour du Sud ne répond plus à notre feu, et veut s'assurer si elle est encore occupée. Son sous-lieutenant, M. Gigot, s'élance en avant, suivi d'une dizaine d'hommes, pénètre résolument dans l'ouvrage par une embrasure de canon et se trouve en face du gouverneur, qui court sur lui l'épée haute. Une lutte s'engage entre eux; et deux officiers russes étant accourus au secours de leur commandant, M. Gigot allait succomber, lorsque ses chasseurs arrivent à leur tour et le dégagent en mettant ses adversaires hors de combat. Quelques instants après, le reste de la compagnie entrait dans la tour par le même chemin et s'en rendait maître en faisant une trentaine de prisonniers.

Deux jours plus tard, la place se rendait à discrétion.

XLVII.

Le général Raoult (6 août 1870).

Fils d'un simple boulanger, le général Raoult entra
dans l'armée comme engagé volontaire et conquit
vaillamment tous ses grades à la pointe de l'épée. Il ne
dut qu'à son seul mérite la haute situation à laquelle il
parvint.

Né à Meaux en 1810, il tomba mortellement blessé à
Reischoffen, le 6 août 1870. Sa ville natale lui a élevé
une statue, œuvre du sculpteur Aubé, le 4 octobre 1891.

Le général est représenté à pied, en grande tenue,
l'épée nue abaissée vers le sol. M. Barbey, ministre de
la marine, qui présidait cette patriotique cérémonie, a
retracé à larges traits la vie de ce rude et vaillant soldat.

Pour faire apprécier comme il mérite de l'être le héros qui fit à la patrie le sacrifice de sa vie, nous ne saurions mieux faire que de donner ici les principaux passages de ce remarquable discours.

« En entendant retracer par des voix éloquentes, a dit M. le ministre, la vie de cet enfant du peuple, sorti d'une humble demeure de votre ville, parvenu aux plus hauts grades par la force de sa volonté, et mort en héros au champ d'honneur, en contemplant cette mâle figure gravée dans le bronze par un artiste éminent, je ne pouvais me soustraire à une poignante émotion.

« Ce n'est pas seulement le souvenir du général Raoult qu'évoquait ma pensée en suivant les étapes de sa glorieuse carrière ; c'était aussi l'histoire de cette noble armée de France, à laquelle il a été si intimement mêlé pendant quarante années, sans jamais faillir à son devoir.

« On peut dire, en effet, que, depuis le jour où, simple engagé volontaire, il a brillamment forcé les portes de Saint-Cyr et de l'École d'état-major, il n'a pas cessé de prendre part aux opérations de guerre les plus importantes et de jouer un rôle considérable dans les fastes militaires de notre pays.

« Ainsi qu'on vous le rappelait tout à l'heure, il est d'abord appelé en Algérie sous les ordres de généraux

11

éprouvés, pendant la période la plus active de la conquête ; il se distingue par son intelligence et par son courage. Blessé sous Miliana, il se montre le digne émule des braves qui, en arrosant de leur sang cette terre féconde, nous ont assuré la possession de notre plus belle colonie.

« Pendant la guerre de Crimée, il dirige le service des tranchées avec une habileté et une énergie qui méritent les éloges de l'héroïque défenseur de Sébastopol, l'illustre général Totleben. Ces adversaires d'un jour devinrent des amis dès la conclusion de la paix. Ils étaient faits pour se comprendre : ils représentaient bien les deux vaillantes armées qui n'ont conservé l'une pour l'autre, après la lutte, que des sentiments d'estime, d'admiration et de sympathie.

« Général de division au moment où éclate la guerre de 1870, il part pour la frontière, poursuivi par de sombres pressentiments, mais soutenu par cette inébranlable fermeté d'âme qui fut sa qualité maîtresse dans le succès comme dans le revers.

« Quelques jours après, il combattait à Frœschwiller, à la tête de ses troupes, contre un ennemi trois fois supérieur en nombre. Quelles angoisses ont dû l'assaillir pendant cette lutte inégale, non pour lui, mais pour ses soldats, qu'il avait si souvent conduits à la victoire et qui reculaient, hélas ! pour la première fois ; pour son pays, qu'il aimait avec passion. Voyant que, malgré des prodiges de valeur, la fortune abandonnait son drapeau, qu'il était impuissant à défendre le sol national contre l'envahisseur, désespérant de l'avenir, il ne voulut pas survivre à ce désastre, et, après avoir donné ses derniers ordres, debout, l'épée à la main, il attendit la mort.

« Il tomba, frappé par une balle, pour ne plus se relever, pleuré par ses compagnons d'armes et salué avec respect par ses vainqueurs. »

XLVIII.

Le général Bosak (22 janvier 1871).

Bosak était d'origine polonaise ; il était né à Varsovie et se nommait le comte de Hauka ; c'est au moment du soulèvement de la Pologne qu'il prit le nom de Bosak. Il s'était par la suite engagé dans l'armée russe, où, à *vingt-six ans, il était colonel de hussards.*

Quand la guerre de 1870 éclata, il vint mettre son épée au servive de la France ; son dévouement devait lui coûter la vie.

Il avait été incorporé dans notre armée en qualité de commandant de la 1ʳᵉ brigade de l'armée des Vosges.

Les Allemands avaient formé le projet de s'emparer définitivement de Dijon. Une brigade des 21ᵉ et 61ᵉ régiments d'infanterie prussienne, sous le commandement de Von Kettler, dirigeait l'attaque.

Ils avaient attaqué le poste avancé de Dijon, composé d'environ quatre cents mobiles du 42e régiment. Nos braves troupiers combattaient désespérément, mais, forcés par les ennemis, ils reculaient. Arrivés auprès du petit village de Darois, les officiers français reprirent position, et, d'accord avec le général Bosak, ils décidèrent de résister énergiquement. On espérait ainsi laisser le temps aux renforts d'arriver....

Mais laissons M. Ledeuil d'Enquin faire le récit tragique de la mort de Bosak :

« Les Allemands, dit-il, occupent, en face des Français, un bois touffu. Bosak dirige ses hommes de ce côté, et, à peu de distance de la lisière, il les fait déployer en tirailleurs et commence le combat.

« La fusillade éclate de toutes parts à la fois; des mobiles tombent; le général, plein de bravoure, s'avance toujours, excitant les hommes qui l'entourent, lorsqu'il tombe sous les feux d'une seconde décharge. Aussitôt, d'un bond, il essaye de se relever, cherchant à gagner le fossé de la route; mais ses forces l'abandonnent, et il retombe immobile sur la neige. Il mourait frappé d'une balle en pleine poitrine.

« Les soldats ennemis, voyant tomber un chef en chemise rouge, se figurent avoir tué Garibaldi lui-même, poussent des hourras frénétiques et sortent en foule du bois. Les quelques combattants qui restent debout battent en retraite. A ce moment, un sergent prussien s'avance vers l'endroit où est tombé le général, s'empare du sabre d'honneur que Bosak avait reçu du grand-duc Michel de Russie, lors d'une expédition au Caucase, et qu'il portait toujours avec lui, et le met à sa ceinture.

« Cependant l'arrivée de renforts permit de reprendre les lignes abandonnées et de refouler l'ennemi. Le lendemain, les Allemands reprennent l'offensive et sont encore repoussés. C'est au cours de ce combat suprême que les Français s'emparèrent du drapeau du 61e poméranien. »

Le souvenir de l'héroïque mort de cet étranger est resté vivant parmi les Dijonnais, qui n'oublient pas ceux qui ont succombé au service de la France dans les combats du 22 janvier 1871. Une tombe a été élevée à ces glorieux morts au bois du Chêne, et, chaque année, lorsque revient le sanglant anniversaire, celle-ci est pieusement visitée et ornée de couronnes par les patriotiques habitants de Dijon.

XLIX.

Épisode de la retraite de Lang-Son : le sergent Pinchard et le caporal Gauthier (24 mars 1885).

Le 24 mars 1885, au Tonkin, pendant la retraite de la colonne expéditionnaire française sur Lang-Son, retraite causée par une inexplicable méprise, deux sous-officiers et quelques soldats du 111ᵉ de ligne se signalèrent par un acte de dévouement réfléchi d'autant plus digne d'être cité, qu'il fut accompli dans un moment où une panique incompréhensible avait déjà commencé à s'emparer de quelques-uns de nos soldats.

Parmi les blessés de cette malheureuse journée de Lang-Son se trouvait le lieutenant de Colomb, atteint grièvement au pied gauche. Sa blessure le mettait dans l'impossibilité de suivre sans aide la retraite de la colonne expéditionnaire ; d'autre part, s'il restait en arrière, il allait être infailliblement massacré par les Chinois, qui, on le sait, mutilaient et tuaient ceux des nôtres qui leur tombaient entre les mains : ils ne faisaient jamais de prisonniers.

Le lieutenant de Colomb avait cependant pu traverser les rangs des Chinois et gagner les bois où se trouvaient déjà une vingtaine de blessés que la retraite inopinée du bataillon laissait sans secours. Doué d'un grand sang-froid, l'officier commença par rassurer et encourager ces malheureux, qui se croyaient déjà perdus sans retour ; puis, aidé du sergent Pinchard et d'une quinzaine d'hommes valides, il décida la petite troupe à se mettre en marche et à tenter de rejoindre tous ensemble la colonne française, déjà en retraite depuis un certain temps. On se dirigea sur le bruit du canon.

Pendant deux longues et mortelles heures, ces malheureux marchèrent péniblement à travers bois, et lorsque, malgré leurs souffrances continuelles et les nombreuses difficultés de terrain qui rendaient la marche plus pénible encore, ils furent arrivés sur la lisière du bois qui les avait jusque-là dérobés aux regards des Chinois, ce fut pour constater avec douleur que les troupes françaises étaient déjà tellement

Le général DE NÉGRIER.

éloignées, qu'il semblait impossible de les at-
teindre....

Mais si certains blessés ne pouvaient point avancer
assez vite pour rejoindre les nôtres, la grande majorité
de la petite troupe était encore assez valide pour accé-
lérer sa marche, à la condition de ne plus avoir à s'occuper du plus mutilé d'eux tous, du lieutenant de
Colomb. L'héroïque officier le comprit, et, décidé à se
sacrifier au salut commun, il ordonna aux hommes qui
l'entouraient de l'abandonner et de conduire au plus vite
les autres blessés à la porte de Chine. Aucun de ces
braves gens ne voulut lui obéir. Tous refusèrent de
l'abandonner et lui dirent :

— Les blessés vont partir devant et se rendre à la
porte de Chine ; mais nous, lieutenant, nous nous
sauverons ou nous y resterons ensemble.

Le sergent Pinchard, le caporal Gauthier, les soldats
Cavaloni et Bretin, se firent particulièrement remarquer
par leur insistance.

Et l'on se remit en marche sur un terrain à pic, où
les efforts faits par le malheureux blessé diminuaient
graduellement ses forces. Enfin, après des efforts
inouïs, après s'être traîné sur les genoux et avoir été
successivement porté, aidé ou soutenu par chacun de
ses hommes pendant tout le reste de la journée, le lieu-

tenant de Colomb finit par arriver heureusement, avec ses compagnons dévoués, dans un fortin où se trouvait le général de Négrier.

Là seulement sa terrible blessure put recevoir un premier pansement. Quelques jours après, ce brave officier subissait l'amputation du pied gauche. Mais le sergent Pinchard, le caporal Gauthier et les quelques braves héros inconnus qui les entouraient avaient la satisfaction d'avoir sauvé leur lieutenant des massacreurs chinois.

L.

Les tirailleurs tonkinois (novembre 1891).

On ignore trop souvent dans la mère patrie les services que rendent dans nos colonies les divers régiments
de tirailleurs indigènes organisés dans la plupart d'entre
elles sous les noms de tirailleurs sénégalais, cochin-
chinois, sakalaves (à Madagascar), tonkinois, et de
cipayes (dans l'Inde), sur le modèle des tirailleurs algé-
riens, ces admirables soldats de notre armée d'Afrique.
La plupart des officiers et sous-officiers de ces divers
régiments indigènes sont français, il est vrai, mais cela
n'ôte rien au mérite et au courage des soldats dévoués
qui les secondent vaillamment pour la défense de nos
intérêts dans nos possessions d'outre-mer. N'est-ce pas

un acte de simple justice que de rappeler à l'occasion les traits de bravoure de nos tirailleurs indigènes?... Les soldats de nos diverses armées coloniales ne tiennent-ils point haut et ferme le drapeau de la France aussi bien que leurs camarades de notre **armée** continentale ?...

Voici entre autres deux faits d'armes à l'honneur de nos tirailleurs tonkinois, accomplis au mois de novembre 1891 par quelques-uns de ces braves petits soldats :

Le 14 novembre 1891, cinq tirailleurs du 3ᵉ tonkinois escortaient un sampan qui descendait la rivière Claire. A la hauteur de Vi-khé, entre Vinh-thuy et Tuyen-quan, l'embarcation fut brusquement assaillie par un feu violent que dirigeait sur elle un parti chinois fort d'une centaine de fusils.

Sans se laisser intimider, le chef de l'escorte, le caporal Luong-van-sien, et ses hommes, à qui il communique son courage et son sang-froid, ripostent vigoureusement à l'attaque, et, après une lutte énergique de vingt minutes, ils réussissent à sauver d'une situation des plus critiques leur sampan, criblé de balles, après avoir tenu en respect des adversaires vingt fois plus nombreux. Un de ces braves tirailleurs reçut dans cette rencontre une blessure légère.

Douze jours plus tard, le 26 novembre, entre Traihutt et Bao-ha, six auxiliaires indigènes secondent encore vaillamment un soldat français pour repousser l'attaque d'une troupe de pirates chinois.

Le convoi hebdomadaire de sampans montant à Lao-kay était arrivé à la hauteur de Lang-nhu, à douze kilomètres environ en aval de Bao-ha, lorsque le gros du convoi dut s'arrêter sur la rive gauche pour attendre un sampan échoué contre la rive droite.

Profitant de l'isolement de cette embarcation montée par le pontonnier Lacombe et six auxiliaires indigènes, des Chinois embusqués dans la brousse s'approchent de la berge et ouvrent le feu à bout portant.

Nos pontonniers, bien que surpris, ne perdent pas la tête. Pendant que les uns ripostent à coups de fusil, les autres s'efforcent de dégager le sampan.

Aux premières détonations, le maréchal des logis Gilbert, chef du convoi, qui se trouvait, comme nous l'avons dit, sur l'autre rive, se jette résolument dans le fleuve, suivi de ses hommes. Tous, ayant de l'eau jusqu'à la ceinture, se portent au secours de leurs camarades attaqués. Les pirates, se sentant en butte à des feux bien nourris, qu'ils n'avaient pas prévus, renoncent à continuer la lutte et se retirent hâtivement, tandis que le sampan déséchoué regagne tranquillement le convoi.

Cet engagement s'est terminé, on le voit, à l'honneur

de nos pontonniers indigènes, qui ont **fait preuve**, pendant une heure et dans des circonstances très difficiles, d'une solide bravoure et d'un complet dévouement.

Dans cette affaire, deux de nos braves auxiliaires pontonniers **furent blessés**, dont l'un mortellement.

LI.

Les sapeurs du génie (1792, 1813, 1837, 1849, 1881).

De tout temps, depuis 1750, époque de leur création, jusqu'à nos jours, les sapeurs du génie ont donné d'admirables preuves de courage. Les traits d'héroïsme à l'actif de ce corps d'élite sont innombrables, et, comme nous l'avons dit ailleurs, « d'autant plus beaux, que ces braves soldats se dévouent de sang-froid, sans l'entraînement de l'action où l'on va de l'avant, emporté et grisé par le fracas de la bataille. Le sentiment seul du devoir leur donne le courage de demeurer froidement, patiemment et silencieusement, à leur dangereux travail de mines où la mort vient fréquemment les surprendre. »

Malheureusement, l'histoire s'est bornée à enregistrer

12

les plus belles actions de la plupart de ces humbles héros, sans retenir les noms de ceux qui les ont accomplies. A peine de temps en temps est-il possible de retrouver un nom — tel que celui de Bobillot, par exemple — conservé dans nos fastes militaires, parmi ceux de tous les soldats de ce corps d'élite dont on peut dire avec raison que chaque homme est un héros.

Mais parce que bien peu des noms des nombreux sous-officiers du génie qui se sont illustrés par leur dévouement à diverses époques nous ont été conservés, est-ce un motif pour ne point mentionner *ici* quelques-uns de leurs traits les plus beaux, certaines de leurs actions les plus remarquables ?... Non, n'est-ce pas ? Car, si l'histoire s'est montrée trop souvent oublieuse envers eux, il est équitable de réparer en quelque sorte son involontaire injustice à leur égard, en rappelant leurs hauts faits, dont la gloire rejaillit sur le corps toujours vaillant et dévoué auquel ils ont appartenu.

Depuis cent ans, dans toutes nos guerres, le génie s'est distingué d'une façon toute particulière, surtout pendant la première République et l'Empire.

Au siège de Dantzig, en 1813, les sapeurs perdirent la moitié de leur effectif.

Vingt et un ans auparavant, dans la défense de Kœnigstein, en 1792, ils avaient été également admi-

Forteresse de Kœnigstein.

rables. L'armée française, bien inférieure en nombre aux ennemis qu'elle avait devant elle, était momentanément forcée d'abandonner plusieurs des villes dont elle venait de s'emparer : à mesure qu'elle se retirait devant la masse des soldats qu'on lui opposait, elle laissait dans chacune de ces villes de faibles garnisons. Ainsi fit-elle pour Kœnigstein, entre Mayence et Francfort, dont la garde fut confiée au capitaine de génie Meusnier (que la Convention promut exceptionnellement peu après général de brigade, et qui fut tué l'année suivante, le 13 juin 1793, à Cassel), avec seulement quelques hommes de son régiment.

En arrivant devant la place, le roi de Prusse, ne pouvant point supposer qu'une aussi faible garnison songerait à se défendre, envoya un parlementaire à Meusnier pour le sommer de rendre la place. Celui-ci reçut l'envoyé ennemi au milieu de ses soldats, et, se tournant vers eux, il leur demanda de décider ce que l'on devait faire, en ajoutant que, s'ils voulaient capituler, il se tuerait à l'instant.

— Pas de capitulation, répondirent unanimement les soldats : vaincre ou mourir !

— Monsieur, dit alors Meusnier à l'officier prussien, retournez auprès de votre prince, et racontez-lui ce que vous venez d'entendre.

Et, par un prodige d'activité et de courage, le capitaine Meusnier et ses braves sapeurs parvinrent à tenir les ennemis en échec pendant quatre mois entiers.

Pendant toute la durée de la guerre d'Espagne (1808-1813), où tout un peuple se soulevait contre nous, les sapeurs du génie se signalèrent par un continuel héroïsme.

Il en fut de même en Afrique, à diverses reprises, pendant tout le temps que dura la conquête de l'Algérie, notamment aux deux sièges de Constantine, en 1836 et surtout en 1837, où des détachements des sapeurs du génie marchèrent vaillamment en tête des trois colonnes d'assaut (13 octobre) et assurèrent le succès en déblayant, sous le feu de l'ennemi, les décombres de toutes sortes qui barraient les rues et obstruaient les passages et les portes des maisons transformées en une série de forteresses, d'où les Arabes prolongeaient la résistance.

A la prise de Zaatcha (1), le 26 novembre 1849, ce furent encore les sapeurs du génie qui eurent le périlleux

---

(1) Le bourg fortifié de Zaatcha se trouve dans l'oasis de Zaatcha, dans les Zibans (ancienne province de Constantine), à trente kilomètres au sud-ouest de Biskara. Depuis sa soumission à la France, Zaatcha avait été inutilement assiégé par le bey de Tunis en 1833 et par un lieutenant d'Abd-el-Kader en 1844. Ses

honneur de faire cesser la résistance acharnée des Arabes, et ce fut un sous-officier de cet admirable corps — sous-officier dont le nom nous est inconnu — qui réussit à faire effondrer le mur de la maison où s'était réfugié Bou-Zian, le marabout fanatique qui avait fomenté la révolte contre nous et dirigeait la défense de Zaatcha. Les trois quarts de la ville étaient déjà investis par nos colonnes d'assaut, et aucun de ses défenseurs ne pouvait s'échapper.

« Le plus grand effort était donc accompli, raconte M. Léon Galibert (l'*Algérie ancienne et moderne*), à qui nous empruntons cet héroïque épisode ; il restait maintenant à faire l'assaut de chaque maison, toutes remplies d'Arabes décidés à se défendre jusqu'à la mort. Nos soldats se distribuèrent cette rude besogne avec une admirable sagacité : ils attaquaient les maisons tantôt par les terrasses, tantôt par le rez-de-chaussée, souvent par les étages intermédiaires ; ils fumaient les caves, incendiaient les planchers, pétardaient les murs, et arrivaient toujours à leurs fins, non sans payer leurs

---

habitants, fanatisés par Bou-Zian, se révoltèrent contre **nous** en 1849. Ce fut à la suite de cette révolte que fut **donné à** Zaatcha l'assaut du 26 novembre, dans lequel se distingua **le** colonel Canrobert, devenu depuis maréchal de France.

succès de quelques douloureux sacrifices ; mais la mort de leurs camarades redouble leur fureur, et ils ne cessent qu'exténués de fatigue et victorieux !

« Bou-Zian s'était retiré avec sa famille et ses adhérents les plus fanatiques dans une maison située près de la porte de Farfar, seul quartier qui ne fût pas encore envahi : les uns et les autres bien décidés à vendre chèrement leur vie. Le 2e bataillon des zouaves, sous les ordres du commandant Lavarande, fut le premier à découvrir cette retraite, ainsi que les personnages qui s'y trouvaient. L'attaque en est d'abord commencée par escalade, mais sans résultat ; on essaye alors d'enfoncer la porte à coups de canon ; mais, pendant la manœuvre, les canonniers sont tués sur leurs pièces ; il fallut avoir recours à la mine : un sac à poudre fortement chargé est logé dans le mur de face ; mais tous ceux qui s'approchent pour y mettre le feu sont immédiatement frappés de mort ; enfin un sous-officier du génie parvient à allumer la mèche : la mine éclate, fait sauter avec fracas un large pan de muraille et met à découvert cent cinquante personnes, hommes et femmes entassés pêle-mêle dans les divers étages comme un troupeau effaré à l'approche du lion. »

Ce fut la fin de la résistance. Bou-Zian s'avança, la crosse du fusil en l'air. Une grêle de balles étendit raide mort l'instigateur de l'insurrection, la cause de tant de malheurs.

Nous ne pouvons, on le conçoit, suivre les braves sapeurs du génie dans toutes les occasions où ils se signalèrent. Un volume n'y suffirait pas. Nous citerons encore pour terminer un trait tout récent, vraiment superbede leur part, accompli pendant l'expédition de Tunisie, en 1881.

La colonne expéditionnaire française arrivait devant la place du Kef le 26 avril, et l'on ignorait comment se comporterait à notre égard la garnison qui occupait la kasbah : on lui supposait des intentions hostiles, car les portes de la ville étaient fermées et les canons semblaient prêts à tirer. Le général Logerot fit appeler l'officier qui commandait la compagnie du génie, et celui-ci, s'avançant bientôt vers ses soldats, leur dit :

— Il faut quatre hommes de bonne volonté pour faire sauter la porte.... C'est la mort, sans doute.... Mais ceux qui en reviendraient seraient sûrs d'avoir la croix.

On vit alors, non pas quelques hommes lever la main et solliciter ce périlleux honneur, *mais toute la compagnie.*

FIN.

TABLE.

—

FIN DE LA TABLE.

Rouen. — Imp. MÉGARD et Cie, rue Saint-Hilaire, 136.

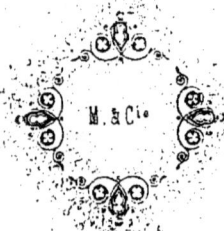

ROUEN. — IMPRIMERIE MÉGARD ET Cⁱᵉ.